雅众诗丛·国内卷

# 我认得人类的寂寞
# 废名诗集

废名 著  陈建军 编

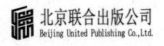

北京联合出版公司
Beijing United Publishing Co.,Ltd.

雅众文化 出品

# 出版说明

一、本集收废名1922年至1948年间所作诗歌107题120首,其中旧体诗2首、译诗2首。

二、以《镜》稿为主体,其他篇什编入"集外"。"集外"大体分作新诗、旧体诗、译诗三个板块,并按写作或发表时间先后编次。

三、未刊手稿,一律按原稿(复制件)排印;已公开发表者,以初刊为排印底本(《镜》稿例外)。

四、凡已发表之作品,均注明详细出处;除"废名"外,若用其他署名者,皆加注说明;如有多种版本(文本)且存在异文(包括标点符号、排列形式等),则在脚注中一一出校;简称在首次出现之处加以说明。

五、原竖排改为横排,繁体字转换为简体字,异体字改为正体字,通假字和"的""地""底"等部分用字(如"笑嬉嬉""湾着""平尝""一幅眼镜""一枝万年笔"等)不做改动;同一作品中,前后用字若不一致(如"作诗"与"做诗","那么"与"那末"等),酌予统一;外文译名一仍其旧;明显的讹字、脱字、衍字径行改正,并加注说明。

六、标点符号尽量保持原貌;篇名、书名均加书名号;原本无标点者,按现行国家标准所规定的用法重新标点。

七、为便于读者了解废名的诗学观和诗歌创作情况,特于诗集后附录《新诗问答》等10篇文章。

# 目录

编者前言　　　1

镜　　　11　灯
　　　　13　泪落
　　　　14　海
　　　　15　镜
　　　　16　掐花
　　　　17　空华
　　　　18　伊
　　　　19　画
　　　　20　伊
　　　　21　花露
　　　　22　渡
　　　　23　人间
　　　　24　荡舟
　　　　26　醉歌
　　　　27　墓
　　　　28　上帝的花园
　　　　29　伊
　　　　30　妆台
　　　　31　无题

32　自惜

33　镜铭

34　秋水

35　果华

36　壁

37　朝阳

38　耶稣

39　梦中

40　无题

41　画题

42　拈花

43　沉埋

44　莲花

45　路上

46　梦中

47　池岸

48　梧桐

49　伊的天井

50　太阳

51 赠

52 花盆

集外　　　　　**\*新诗\***

55 小雀

56 小猫

57 算命的瞎子

58 小孩

60 夏日下乡途中所见

61 夏夜

62 京寓杂感

63 追记去年在县城经过牢狱所感

64 风暴的晚上

65 《努力》

66 冬夜

67 小孩

68 小诗

69 杂诗

73 杂诗

| | |
|---|---|
| 75 | 磨面的儿子 |
| 76 | 洋车夫的儿子 |
| 77 | 夏晚 |
| 78 | 小诗 |
| 79 | 一日内的几首诗 |
| 82 | 笼 |
| 85 | 亚当 |
| 86 | 沉默 |
| 87 | 止定 |
| 88 | 诗情 |
| 89 | 眼明 |
| 90 | 梦之二 |
| 91 | 无题 |
| 92 | 草,树,花 |
| 93 | 画 |
| 94 | 拔树梦 |
| 95 | 琴 |
| 96 | 花的哀怨 |
| 97 | 玩具 |

98　　果

99　　栽花

100　　坟

101　　小园

102　　无题

103　　无题

104　　无题

105　　出门

106　　理发店

107　　北平街上

108　　飞尘

109　　二十五年十一月十五日北平初冬
　　　　大雪后夜半作是日鹤西回保定

110　　灯

112　　星

113　　十二月十九夜

114　　宇宙的衣裳

115　　喜悦是美

116　　远天的星

117　小河
118　街头
119　寄之琳
120　偶成
121　雪的原野
122　街上的声音
123　四月二十八日黄昏
124　鸡鸣
125　人类
126　真理
127　人生
　　　*旧体诗*
128　无题
129　无题
　　　*译诗*
130　窗
131　译诗

**附录**
- 135 新诗问答
- 144 诗及信
- 147 《小园集》序
- 150 《冬眠曲及其他》序
- 152 永远是黑暗和林庚
- 154 天马诗集
- 156 新诗应该是自由诗
- 167 已往的诗文学与新诗
- 183 新诗讲义
    ——关于我自己的一章
- 193 今日文学的方向
    ——"方向社"第一次座谈会记录

**编后记** 205

**再版后记** 212

## 编者前言

废名（1901—1967），原名冯勋北，字焱明，号蕴仲，学名冯文炳，笔名另有蕴是、病火、春风、丁武、法等。湖北黄梅人。1922年考入北京大学预科，两年后正式升入英国文学系，1929年毕业。1931年，经周作人推荐，在北大国文系任教。抗战期间，避难黄梅，一度任小学、中学教员。1946年，重返北大，任中文系副教授、教授。1952年，调至东北人民大学（今吉林大学）中文系。1956年起兼任中文系主任。同年，加入中国作家协会。1957年，被选为中国作家协会长春分会副主席。1959年和1963年，先后当选为政协吉林省第二届、第三届委员会常务委员。1962年，被选为吉林省文联副主席。1967年9月4日，病逝于长春。

在现代文坛上，废名是一位具有鲜明个性和独立精神的作家、学者。其一生以1949年为界，可分为两个时期。前期以文学创作为主，兼及诗学、佛学研究。主要有短篇小说集《竹林的故事》《枣》《桃园》，长篇小说《桥》《莫须有先生传》《莫须有先生坐飞机以后》，诗论《谈新诗》，佛学专著《阿赖耶识论》等。后期除少量创作外，主要从事学术研究，著有《古代的人民文艺——〈诗经〉讲稿》《杜诗讲稿》《跟青年谈鲁迅》《鲁迅研究》《美学讲义》《新民歌讲稿》等。

废名以其风格特异的小说名世，但从本质上讲，他是一位诗人。早在20世纪20年代，周作人就曾说过："废名君是诗人，虽然是做着小说。"[1]30年代，鹤西（程侃声）也说废名"到底还是诗人"[2]。废名是以新诗人的姿态步入文坛的，他最初发表的文学作品即是诗。他将诗的特质融入小说创作中，多用唐人写绝句的手法，构筑一方远离尘嚣、如诗如画的乡村世界，展现一种充满诗意的人生形式。语言简练，意境浓郁，富有田园风味和牧歌情调。他的小说不仅影响了沈从文等作家的创作，而且对卞之琳等诗人也产生了一定影响。1937年，孟实（朱光潜）就及时注意到了这一现象，他在为《桥》所写的

---

1 岂明：《〈桃园〉跋》，《桃园》，上海开明书店1928年10月再版。
2 鹤西：《读〈桥〉与〈莫须有先生传〉》，上海《文学杂志》月刊1937年8月1日第1卷第4期。

一篇书评中说《桥》"对于卞之琳一派新诗的影响似很显著,虽然他们自己也许不承认"[1]。晚年的卞之琳承认自己主要是从废名的小说里"得到读诗的艺术享受"[2]。卞之琳30年代中后期的诗歌在观念化写作方式等方面,与废名小说确实存在着某些相通之处。

废名生前公开发表的诗作不多(仅70余首),可他写的诗并不算少。1931年10月17日,他曾在《天马诗集》一文中说过:"我于今年三月成诗集曰《天马》,计诗八十首……今年五月成《镜》,计诗四十首。"1958年1月16日,他在《谈谈新诗》中写道:"我从前也是写过新诗的,在一九三〇年写得很不少,足足有二百首……"1949年以后,他用新民歌体创作了《歌颂篇三百首》,在报刊上发表《工作中依靠共产党》《迎新词》《欢迎志愿军归国》等数首诗。由此可知,废名至少有诗作500首。这些诗歌除部分散佚外,多数以手稿形式存留下来。

一个有趣的现象是:废名重视自己的诗歌,远胜于其小说。他讲新诗,专门介绍过自己的诗歌创作。他将自己的诗歌与卞之琳、林庚、冯至等诗人相比,一面

---

[1] 孟实:《桥》,上海《文学杂志》月刊1937年7月1日第1卷第3期。
[2] 卞之琳:《〈冯文炳〔废名〕选集〉序》,《新文学史料》1984年第2期。

承认他们写得好,"我是万不能及的",一面又很自信地说:"我的诗也有他们所不能及的地方,即我的诗是天然的,是偶然的,是整个的不是零星的,不写而还是诗的,他们则是诗人写诗,以诗为事业,正如我写小说。""我的诗太没有世间的色与香了,这是世人说它难懂之故。若就诗的完全性说,任何人的诗都不及它。"[1]关于废名的诗歌成就,向来是见仁见智,评说不一。卞之琳虽然承认废名"应算诗人",但他对废名的诗评价不高,说"他的分行新诗里,也自有些吉光片羽,思路难辨,层次欠明。他的诗,语言上古今甚至中外杂陈,未能化古化欧,多数佶屈聱牙,读来不顺,更少作为诗,尽管是自由诗,所应有的节奏感和旋律感"[2]。台湾诗人痖弦则坚称:"废名的诗即使以今天最'前卫'的眼光来披阅,仍是第一流的,仍是最'现代'的。"[3]废名的诗歌创作起于20世纪20年代,终于50年代末。总的来讲,20年代的创作,如《冬夜》《小孩》《磨面的儿子》《洋车夫的儿子》等,偏向于写实,比较容易读懂。30年代转向现代派,诗思生涩,佛禅色彩甚浓,最难理解。

---

[1] 废名:《新诗讲义——关于我自己的一章》,《天津民国日报·文艺》1948年4月5日第120期。

[2] 卞之琳:《〈冯文炳[废名]选集〉序》,《新文学史料》1984年第2期。

[3] 痖弦:《禅趣诗人废名》,《中国新诗研究》,台湾洪范书店1982年版。

抗战以后,诗风稍趋闪露,如《鸡鸣》《人类》《真理》《人生》等。50年代的诗作,则近于民歌体,内容清楚明白,几乎无须解读。因此,要解读的是其30年代的诗歌。这类诗歌代表着废名诗歌创作的最高艺术成就,在中国现代派诗歌中可谓独树一帜。1947年,黄伯思(黄裳)曾指出:"我所有兴趣的还是废名在中国新诗上的功绩,他开辟了一条新路……这是中国新诗近于禅的一路。"[1]

废名的诗歌一如其小说,有的特别是20世纪30年代的作品的确相当难懂。早在1936年,刘半农就说过:"废名即冯文炳,有短诗数首,无一首可解。"[2]过了半个世纪,艾青也说废名的诗"更难于捉摸"[3]。废名的诗难懂,是指其诗懂之不易,要弄懂须花些功夫才行,并非说他的诗如有字天书,根本就不可解,无法懂。而一旦懂得,则会发现许多新奇的东西,令人惊叹,耐人回味。诚如朱光潜所言:"废名先生的诗不容易懂,但是懂得之后,你也许要惊叹它真好。有些诗可以从文字本身去了解,有些诗非先了解作者不可。废名先生富敏感而好苦思,有禅家与道人的风味。他的诗有一个深玄的背景,难懂

---

[1] 黄伯思:《关于废名》,上海《文艺春秋副刊》月刊1947年3月15日第1卷第3期。
[2] 刘半农:《刘半农日记(1936年1月6日)》,《新文学史料》1991年第1期。
[3] 艾青:《中国新诗六十年》,《艾青谈诗》,花城出版社1984年版,第11页。

的是这背景……无疑地，废名所走的是一条窄路，但是每人都各走各的窄路，结果必有许多新奇的发见。最怕的是大家都走上同一条窄路。"[1]废名曾说："大凡想像丰富的诗人，其诗无有不晦涩的，而亦必有解人。"[2]这话虽然是针对李商隐及其诗歌而言的，但也可以看作废名的夫子自道，是他对其诗歌"必有解人"的期许。

从现有资料来看，废名自编过三本诗集。第一本为《天马》，第二本为《镜》，第三本系前两本之合集，较原来删去了几首诗，亦题名为《天马》。这三本诗集，都未曾出版过。两本《天马》至今下落不明，《镜》稿则早已被发现。《镜》稿藏于周作人后人处，原稿高25.3厘米，宽20厘米，封面1页，标题为"镜"，副标题为"常出屋斋诗稿第二集"，赠款为"药庐老君炉前二十年五月二十日"；正文49页，全稿共收诗40首，均作于1931年。同为苦雨斋弟子的沈启无（开元），在20世纪40年代曾辑有《水边》和《招隐集》两本书，内中收有废名的部分诗歌。《水边》1944年4月由北平新民印书馆印行，共收诗33首，分前后两部。前部题曰"飞尘"，计3辑，收废名诗16首。其中，第一辑6首，

---

[1] 朱光潜：《编辑后记》，上海《文学杂志》月刊1937年6月1日第1卷第2期。
[2] 废名：《讲一句诗》，北平《平明日报·星期艺文》1947年1月12日第3期。

即《妆台》《壁》《海》《掐花》《画》和《无题》；第二辑5首，即《飞尘》《理发店》《街上》《街头》和《寄之琳》；第三辑5首，即《灯》《星》《十二月十九夜》《宇宙的衣裳》和《喜悦是美》。后部题曰"露"，所收为开元自己的诗。《招隐集》1945年5月由汉口大楚报社出版，系废名的诗文合集。其中，收诗15首，除《街头》外，其他篇目与《水边》同。1985年，冯健男应人民文学出版社之邀，编辑出版《冯文炳选集》，第二辑选编废名诗歌28首，大多是据作者手稿排印的。1993年，长江文艺出版社出版《中国新诗库（三集）》（周良沛选编），其中列有"废名卷"，共收诗40题53首。2009年，北京大学出版社出版六卷本《废名集》。第三卷共收诗91首（不计一题多首），其中1922年至1930年11首，1931年57首，1932年至1948年23首。这是到目前为止搜罗废名诗作最多的一个集子，也是最值得信赖的一个集子。

2007年，台湾新视野图书出版有限公司出版繁体本《废名诗集》，是我和废名哲嗣冯思纯先生合作编订的。全集共汇编废名1922年至1948年间的诗歌96题109首。这次在大陆出版简体本，增加新发现的诗歌11首，即《小雀》《小猫》《算命的瞎子》《小孩》《夏日下乡途中所见》《夏夜》《京寓杂感》《追记去年在县城经过牢狱所感》《风暴的晚上》《〈努力〉》和《小诗》。

原打算将废名1949年以后的诗歌一并编入本集，经反复考量，愚意以为还是不收的好。废名在1949年之前所作的诗歌，如本集有所遗漏，俟日后再版时补入。

镜

# 灯

人都说我是深山隐者,
我自夸我为诗人,
我善想大海,
善想岩石上的立鹰,
善想我的树林里有一只伏虎,
月地爬虫
善想庄周之龟神,
褒姒之笑,
西施之病,
我还善想如来世尊,
菩提树影,
我的夜真好比一个宇宙,
无色无相,
即色即相,
沉默又就是我的声音,
自从有一天,
是一个朝晨,
伊正在那里照镜,
我本是游戏,

向窗中觑了这一位女子,
我却就在那个妆台上
仿佛我今天才认见灵魂,
世间的东西本来只有我能够认,
我一点也不是游戏,
一个人我又走了回来,
我的掌上捧了一颗光明,
我想不到这个光明又给了我一个黑暗,——
从此我才忠实于人间的光阴,
我看守着夜,
看守着夜我把我的四壁也点了一盏灯,
我越看越认它不是我的光明,
我的光明那里是这深山里一只孤影?
我却没有意思把我的灯再吹灭了,
我仿佛那一来我将害怕了。

　　　　　　　　　四月十五日

# 泪落 [1]

我佩着一个女郎之爱

慕嫦娥之奔月,

认得这是顶高地方一棵最大树,

我就倚了这棵树

作我一日之休歇,

我一看这大概不算人间,

徒鸟兽之迹,

我骄傲于我真做了人间一桩高贵事业,

于是我大概是在那深山里禅定,

若梦虎来,

若梦虎去,

非此投身,

彼自食人,

一生一副好精神,

微笑于彼无知之生命,

堕泪于是我之尸身。

五月十二日

---

[1] 载北平《华北日报·文艺周刊》1934年5月7日第6期,与《镜》合题为"诗选之五",未署写作时间。

# 海[1]

我立在池岸[2]

望那一朵好花[3]

亭亭玉立

出水妙善，[4]——

"我将永不爱海了。"

荷花微笑道[5]：

"善男子，

花将长在你的海里。"

五月十二日

---

1　载北平《文学季刊》1934年1月1日创刊号，末署"二十年五月十二日"。收入《水边》（新民印书馆1944年4月20日初版）和《招隐集》（大楚报社1945年5月初版）。另见《新诗讲义——关于我自己的一章》，《天津民国日报·文艺》1948年4月5日第120期。
2　"立在池岸"，《水边》本和《招隐集》本均为"独立在池岸"，行末加逗号。
3　此行末，《水边》本和《招隐集》本均加逗号。
4　"，"，《水边》本和《招隐集》本均删去。
5　"微笑道"，《水边》本和《招隐集》本均为"笑道"。

# 镜[1]

我骑着将军之[2]战马误入桃花源，
溪女洗花染白云[3]，
我惊于这是那里这一面[4]好明镜？
停马更惊我的马影静，
女儿善看这一匹马好看，
马上之人
唤起一生
汗流浃背，
马虽无罪亦杀人，——

自从梦中我拾得一面好明镜，
如今我才[5]晓得我是真有一副大无畏精神，
我微笑我不能将此镜赠彼女儿，
常常一个人在这里头见伊的明净。

五月十三日

---

1 载北平《华北日报·文艺周刊》1934年5月7日第6期，未署写作时间。
2 "之"，家藏稿删去。
3 家藏稿此行加引号。
4 "这一面"，家藏稿为"一面"。
5 "才"，家藏稿删去。

## 掐花[1]

我学一个摘华高处赌身轻[2]

跑到桃花源岸攀手掐一瓣花儿,

于是我把它[3]一口饮了。

我害怕我将是一个仙人,

大概就跳在水里湮[4]死了。

明月出来吊我,

我欣喜我还是一个凡人[5]

此水不现尸首,

一天好月照澈[6]一溪哀意。

五月十三日

---

1 载北平《文学季刊》1934年1月1日创刊号,末署"二十年五月十三日"。收入《水边》和《招隐集》。另见废名《新诗讲义——关于我自己的一章》,《天津民国日报·文艺》1948年4月5日第120期。
2 "华",家藏稿和《天津民国日报·文艺》本均为"花",后者在首行末加逗号。"摘华高处赌身轻",《水边》本和《招隐集》本均加引号。
3 "它",《天津民国日报·文艺》本为"他"。
4 "湮",《天津民国日报·文艺》本为"淹"。
5 此行末,《水边》本和《招隐集》本均加逗号。
6 "澈",《天津民国日报·文艺》本为"彻"。

## 空华

我含着泪栽一朵空华,
我还望空观照我一生,
死神因我的瞑目端去我的花盆,
爱神也打开他的眼睛
讶其新鲜茂盛
觅不见一点伤痕,
于是因了我的空华
生为死之游戏,
爱画梦之光阴。

      五月十三日

# 伊

"上帝创世,
但我想上帝他不能知道
我的这棵梧桐栽在窗前,
爱人儿
伊也不能知道
倚着我的梧桐我画昼,——
再添一笔罢?"

        五月十三日

**画**

我不能画一幅画同梦一样,
因为我想世上没有那个颜色呀,
只是太阳画出明日的山水来,
我遇见伊,
那忘记之笔它画了一笔呀。

　　　　　　　　　五月十三日

**伊**

光阴好比一面镜子似的,
伊来了
相思的日子圆一个虚幻。

      五月十三日

# 花露[1]

我知道是夜里,
一心想念朝云,
月儿就在那里寂寞了,
我一望见她
我凄然泪下,
惨淡西子镜,
自挂思维树。

五月十三日

---

[1] 载北平《华北日报·文艺周刊》1934年4月30日第5期,与《人间》合题为"诗选之四",未署写作时间。

# 渡

梦中我梦见我的泪儿最好看,
　是一个玩具,
　上帝叫他做一只船,
　渡于人生之海,
　因为他是泪儿,
　岸上之人,
　你别唤他。

梦中我梦见我的泪儿最好看,
　是一个玩具,
　上帝叫他做一只船,
　渡于人生之海,
　因为他是泪儿,
　岸上之人,
　你别看他。

五月十四日

# 人间[1]

我的泪是泪海之朵,
恰似池莲
不没于水
水上为仙。

爱神顽皮
时如风至
鼓翼而过,——
我又应该听人间的消息,
仿佛风吹凶吉,
吁嗟乎
无可奈何
花涕泣。

五月十四日

---

[1] 载北平《华北日报·文艺周刊》1934年4月30日第5期,未署写作时间。

## 荡舟

我荡一只船儿
坐到伊那儿去,
水连天,
天连水,
我还吹我的笛儿,
清风徐来,
笛韵悠扬,
水波不兴,
我越荡越看不见人间,
我以为我的路途遥远,
我就歇了我的调儿不唱,
因为它越来越是一个哀调儿,
好像是吹在天上,
最后我想我已经不远,
我已经到了,
我一看两个大字
白水映澈天堂,
于是我歇了我的桨儿
不由得我两泪滴,

上帝他要是牵我进去
他晓不晓得我的灵魂
是伊给我的?
我还不晓得伊在那里。

      五月十五日

## 醉歌[1]

余采薇于首阳,
余行吟于泽畔,
嫦娥指此是不死之药,
余佩之将以奔于人生。

五月十五日

---

[1] 载北平《华北日报·文艺周刊》1934年5月21日第8期,与《诗情》合题为"诗选之七",未署写作时间。

# 墓[1]

吁嗟乎人生,

吁嗟乎人生,

花不以夜而为影,

影不以花而为明,——

吁嗟乎人生,

吁嗟乎人生,

人生直以梦而长存,

人生其如墓何。

　　　　　　　五月十五日

---

[1] 载北平《华北日报·文艺周刊》1934年4月2日创刊号,与《琴》《画》(嫦娥说)、《画题》《路上》《伊的天井》合题为"琴及其他",未署写作时间。

## 上帝的花园

伊不在我的花园里,

但总在上帝的花园里,

我想着把我的花园里画一枝佛手,

这一来伊就对我一笑了,

伊总是一个天真的孩子似的,

我想着伊一笑

我就好哭了,

我也还是一个孩子似的,——

这一来伊可不就在我的花园里?

上帝呀,

你的花园好不神秘,

以前伊在那里?

如今我晓得伊在那里,

我却一个人在你的花园里寻寻觅觅,

好像白日里数天上的星似的。

五月十六日

# 伊

想着伊的去年,

想着伊的十年,

想着伊笑,

想着伊生日,

想着伊一个淘气的小女儿,

想着伊同弟弟闹,

想着母亲责备伊,

想着伊在门口看一只燕子飞,

想着我画一幅画,

想着上帝,

想着宇宙,

想着我自己,

想着伊点一盏灯,

一个人,

不知为什么眉儿那么低下来,

于是我又在白日里看见伊的黄昏了,

我又送伊一个朝晨。

五月十六日

# 妆台[1]

因为梦里梦见我是个镜子,

沉在海里[2]他将也是个镜子,

一位女郎拾去[3]

她将放上她的妆台。[4]

因为此地是妆台,

不可有悲哀。

五月十六日

---

1 载北平《文学季刊》1934年1月1日创刊号,末署"二十年五月十六日"。收入《水边》和《招隐集》。另见废名《新诗讲义——关于我自己的一章》,《天津民国日报·文艺》1948年4月5日第120期。
2 "海里",《水边》本和《招隐集》本均为"水里"。
3 此行末,《水边》本和《招隐集》本均加逗号。
4 "。",《水边》本和《招隐集》本均为逗号。

# 无题

在赴死之前
得到解脱，
于是世间是时间，
时间如明镜，
微笑死生。

　　　　　　　五月十六日

## 自惜

如今我是在一个镜里偷生,
我不能道其所以然,
自惜其情,
自喜其明净。

       五月十六日

## 镜铭

我还怀一个有用之情,
因为我明净,
我不见不净,
但我还是沉默,
我惕于我有垢尘。

　　　　　　　　　　五月十六日

## 秋水

我见那一点红，

我就想到颜料，

它不知从那里画一个生命？

我又想那秋水，

我想它怎么会明一个发影？

　　　　　　　　　五月十六日

## 果华

我喜我五色之华
结一树无明之果,
食果者不看华,
见华者常忆华
不认我今日之果,
我还做了一树大荫,
行路人乐其孤寂,
余亦乘风时叹息,
斯为大块之噫气。

五月十六日

壁[1]


病中我轻轻点了我的灯,

仿佛轻轻我挂了我的镜,

像挂画屏似的,

我想我将画一枝一叶之何花?

静看壁上是我的影。


五月十六日

---

[1] 载北平《文学季刊》1934年1月1日创刊号,末署"二十年五月十六日"。收入《水边》和《招隐集》。家藏稿改题为"点灯",全诗如下:

> 病中我起来点灯,
> 好像起来挂镜子,
> 像挂画似的。
> 我想我画一枝一叶之何花?
> 我看见墙上我的影子。

其中第二行,另一家藏稿作"好像走来挂镜子"。

## 朝阳

梦里醒来,
看见窗上一窗日头,
于是我觉着我憔悴,
我的朝阳好似一窗月亮。
于是我嫣然一笑,
我又把它画作朝阳了。

　　　　　　　　五月十七日

## 耶稣

耶稣叫我背着十字架跟他走,
我想我只有躲了,
如今我可以向空中画一枝花,
我想我也爱听路上的吩咐,
只是我是一个画家,
一晌以颜料为色,
看不见人间的血。

五月十七日

# 梦中[1]

梦中我画得一个太阳,

人间的影子我想我将不恐怖,

一切在一个光明底下,

人间的光明也是一个梦。

　　　　　　　　五月十七日

---

1 载北平《华北日报·文艺周刊》1934年5月14日第7期,与《梧桐》合题为"诗选之六",未署写作时间。另见废名《永远是黑暗和林庚》,北平《世界日报·明珠》1936年11月22日第53期,无标点。

## 无题

梦中我梦见人间死了,
这个境界正好比一个梦,
伊手上还捏一个东西在那里玩,
偷偷我看了一眼
正是伊给我的光明。

　　　　　　　　五月十七日

## 画题[1]

我倚着白昼思索夜,

我想画一幅昼,

此画久未着笔,——

于是蜜蜂儿嗡嗡的催人入睡了。

芍药栏上不关人的梦,

 闲花自在叶,

  深红间浅红。[2]

五月十七日

---

1 载北平《华北日报·文艺周刊》1934年4月2日创刊号,未署写作时间。
2 家藏稿与上行合为一行并顶格。

## 拈花

我想我走过的山林我应该不怕，——
我不晓得我真个不怕了，
　　遗世而独立，
　　微笑以拈花。

五月十七日

## 沉埋

我不愿我的镜子沉埋,
于是我想我自己沉埋,
我望着镜子一笑,
我想我是一泪。

      五月十七日

## 莲花

莲花落水夜无影,
明镜如水净无身,
白日当天
余大地游行,
余有身而有影。
亦如莲花亦如镜,
神仙乞露效贫儿,
余将死而忠于人生。

　　　　　　　　　　五月十七日

# 路上 [1]

路上我看见一个好树影,

我想我打一把伞,

我画它为一生, [2]

我不晓得菩提树影怎么样 [3],

我想我是一把莲叶伞,

我想莲叶是花之影。

　　　　　　　　　五月十七日

---

1　载北平《华北日报·文艺周刊》1934 年 4 月 2 日创刊号,未署写作时间。
2　此行家藏稿为"好像点一盏灯。"。
3　此行家藏稿为"我不晓得花是怎么样画"。

## 梦中

梦中我梦见水,
好像我乘着月亮似的,
慢慢我的池里长许多叶子,
慢慢我看见是一朵莲花。

       五月十七日

## 池岸

远天悠悠白云,
近水田田莲叶,——
一足白鹭飞了。
于是我乃笑了,
我是想着伊一定爱那一朵花
出脱得好看,
轻手一指,
所以我就添了一点景致。

　　　　　　　五月十七日

## 梧桐[1]


我望着我的梧桐好一颗大叶儿,
于是我仿佛想到一个仙人,
我的这个仙人就好像一株树,
一颗叶儿一颗露水。

五月十八日

---

[1] 载北平《华北日报·文艺周刊》1934年5月14日第7期,未署写作时间。

## 伊的天井[1]

想着伊望空指一下,

"那是一颗什么星?"

于是我就[2]想到夜的神秘,

它[3]怎么会画那么一幅好画?

　　　　　　　　五月十八日

---

1 载北平《华北日报·文艺周刊》1934年4月2日创刊号,未署写作时间。
2 "就",家藏稿删去。
3 "它",家藏稿删去。

# 太阳[1]

太阳说,

"我把地上画了花。"

他画了一地影子。

五月十八日

---

[1] 另见废名《说人欲与天理并说儒家道家治国之道》,上海《哲学评论》双月刊 1947 年 8 月 11 日第 10 卷第 6 期,署名冯文炳。

**赠**

梦中我采得一枝好花,
我还说我画个瓶子把它插起来,
伊笑道,
　"你这梦我很喜欢。"
我想我这花是一份赠品。

梦中我画得一幅好画,
我想明天早晨我一定好好的展开看一看,
伊笑道,
　"你还是做了一个梦!"
我说"我这画是赠给你的。"

五月十八日

# 花盆[1]

池塘生春草，

池上一棵树，

树言，

　"我以前是一颗种子。"[2]

草言，

　"我们都是一个生命。"[3]

植树的人走了来，

看树道，

"我的树真长的高[4]，——

我不知那里将是我的墓？"

他仿佛想将一钵花端进去。

五月十八日

---

1　载北平《水星》月刊 1934 年 11 月 10 日第 1 卷第 2 期，未署写作时间。
2　此行《水星》本顶格。
3　此行《水星》本顶格。
4　"长的高"，家藏稿为"长得高"。

集外

# 小雀[1]

下课之后,
我笑嬉嬉的朝花园里走。
忽而——眼闪,心惊,
好像当前落个什么!
原来一只小雀儿沿着竹篱啄泥土。
我顿把步子停了。
刚停着,他也飞了。
我的视线循着他的飞程,直到看不见他。

---

[1] 据中国社会科学院近代史研究所胡适档案所藏冯文炳手稿(简称"近代所藏稿")。此诗及《小猫》《冬晚》《算命的瞎子》《小孩》《夏日下乡途中所见》《夏夜》《京寓杂感》《追记去年在县城经过牢狱所感》《小孩》《美丽的小姑娘》《风暴的晚上》《〈努力〉》12首,均附于1922年9月11日冯文炳致胡适信后,诗前有"诗 以做的先后为序"。其中,《冬晚》仅存题目,正文被撕去;第一首《小孩》有改动,疑出自胡适手笔;第二首《小孩》前半截被撕去,后半截作为《杂诗》之"六"后半部分(分行略有不同),载《诗》月刊1923年4月15日第2卷第1号,署名冯文炳;《美丽的小姑娘》作为《杂诗》之"七",载上海《诗》月刊1923年4月15日第2卷第1号,署名冯文炳。被撕去的《冬晚》和《小孩》前半截,或即刊于北京《努力周报》1922年10月8日第23期之《冬夜》和《小孩》。又,冯文炳致胡适信中说:"昨天又因为《努力》得了一首诗的材料!我再也忍不住了!大胆写几首诗寄上来!"可知,《〈努力〉》当作于1922年9月10日。附于此信中的其他12首诗,当作于1922年9月10日或11日。

## 小猫[1]

天气很是冷冽,
我站在游廊上挡住太阳。
一只小猫也把尾巴垫着后腿在廊下弓也似的湾着。——
我俩眼对眼的望着。

---

[1] 据近代所藏稿。

## 算命的瞎子[1]


平常捏着算命的器具在街上行走的瞎子,
现在空手走着,现出要哭的神气。
一群小孩跟在他的后面嘲笑。
我仿佛知道了他心里的哀愁,
同他所要说出的话;
并且想叫住小孩们不要嘲笑;
但是他们的声音嘈杂,我的声音太小了。

---

[1] 据近代所藏稿。

# 小孩[1]


　　那时我还是小孩,最欢喜看弹花匠弹被絮。
当他把木制的圆盘似的压板放在絮上,
自己又站在板上一来一往的踏着时,
我觉得这比什么游戏都好。
所以逢着母亲差我去叫弹花匠,
我比什么事都肯做。
现在,依然是弹花匠弹被絮,
我的两个小兄弟在旁边玩耍,
他们或者同我那时一样,
我却唤不回那时的高兴[2]。
当他一下一下的弹着弦,
我心上的弦也一下一下的弹着,
这弦声是:"他的工作太单调。[3]"

　　那时我还是小孩,最欢喜看农家搬湖草。[4]
当载草的船到岸时,

---

1 据近代所藏稿。
2 "高兴",近代所藏稿改为"高兴了"。
3 "太单调。",近代所藏稿改为"太单调了!"。
4 此行与上行之间,近代所藏稿标有"空一行"字样。

我，还有别的小孩，拉一把湖草替自己做胡子，

做好了，挂在两个耳朵上学戏子唱戏，

回家去便是没赶到饭吃，

只要母亲不责备我，也不哭着说饿了。

现在，依然是湖草堆在沙滩上，

在那里有好几个小孩同我那时一样，

我却唤不回那时的高兴[1]。

当农人挑草回家落下几根在路上，

我便拣了起来，觉得这比同他们亲手还要亲切；

好像他们告诉我他们的辛苦似的感着悲哀。[2]

---

1 "高兴"，近代所藏稿改为"高兴了"。
2 此行，近代所藏稿改为"我心里感着悲哀，好像他们告诉我他们的辛苦似的。"。

## 夏日下乡途中所见[1]

　　走了十里多路,
褂子完全汗湿了。
好容易走到了坝上一株大树下,
解开褂子休息着。
坝的这边草地上,两个放牛的女孩对面坐着揸瓦片,
牛在一旁吃草。
坝的那边小河里,几个浴水的男孩小狗似的互相抳
　搏着。
一阵凉风吹的我长啸一声,
不觉也惊动他们,偏头望我。

---

1　据近代所藏稿。

# 夏夜[1]

闷热的天气,好容易起了一阵微风。
我顿时忘掉一切——
却被间壁院子里舂米的哥哥呼呼的睡声所打动。

---

[1] 据近代所藏稿。

## 京寓杂感[1]

天炎催我睡,一觉听雨声!举首睄四壁,忽动相思情。
街巷传来者:小孩叫唤声。起立房门口,雨泡乱翻滚。

---

[1] 据近代所藏稿。

## 追记去年在县城经过牢狱所感[1]

我行过此路,不觉感悲伤。一边杨柳树,一边峙高墙。树上一乌鸦,墙内几儿郎?乌鸦喜新枝,一叫远飞翔。

---

[1] 据近代所藏稿。

**风暴的晚上**[1]

　　风暴快来了,我奔命的往回跑。
走到北河沿,
高低不平的路,只有电光一闪时才辨得清白。
除掉"车么?","车么?",
再也没听见别的声音。——虽然闪电,却没打雷——
不可捉摸的思想却在脑里嚷道:"倘若我的母亲知道我
　　在这里走呵!"

---

1　据近代所藏稿。

## 《努力》[1]


今天早晨我一起来,便跑到门口去买《努力》。
一个穿青布短褂,褂上挂一个上面写着"努力"的
　黄布袋子的,
两颊丰满的小孩便知道我的来意,抢上前迎着。
我很欢喜的摸出一个大铜子,慢慢的放在他的小手中,
　笑道:"《努力》!"
他也很得意的走出门外了。
　我因为太注意了那个小孩子,
忘却我的身旁还有一个小孩,
他的面貌很瘦,衣服很脏,又没有挂着黄布袋子,
生意被那个夺去了,脸上现出失望的凄惨。
我的笑容也被风吹去了,
背转身来叹道:"努力!"

---

[1] 据近代所藏稿。

## 冬夜[1]

朋友们都出去了,
我独自坐着向窗外凝望。
雨点不时被冷风吹到脸上。
一角模糊的天空,界划了这刹那的思想。
霎时仆人送灯来,
我对他格外亲切,不是平时那般疏忽模样。

---

[1] 载北京《努力周报》1922年10月8日第23期,署名冯文炳。

## 小孩[1]

雨后的街道,
泥泞中踏开了容得一个人走过的路。
我挈起衣服从这边低头走去,
不觉迎面撞着一个小孩子。
无意中我的手已经搭在他的肩膀上,
笑道:"谁让谁呢?"

---

[1] 载北京《努力周报》1922年10月8日第23期,署名冯文炳。又作为《杂诗》之"六"前半部分(分行略有不同),载上海《诗》月刊1923年4月15日第2卷第1号,署名冯文炳。

## 小诗[1]

"你未免太瘦了",
这是我的母亲时常愁闷着向我说的话。
但是——
母亲呵!
除非儿所看见的都是儿所欢喜的。

---

[1] 据近代所藏稿。1922年11月2日冯文炳致胡适信后附有"小诗四首",此诗为其"一"。另外三首均载上海《诗》月刊1923年4月15日第2卷第1号,署名冯文炳。

# 杂诗[1]

一

猛然听得从街上传来的声音，[2]——
好像我父亲喊我小名的声音，却再也没听见什么了![3]

二

我爱那捏着芭蕉扇在草地上纳凉的女孩子，
可是我不敢走近问她的姓名!

三

我正在读书的时候，
听到门外讨饭的瞎子的叫喊[4]，
接着是一个朋友嬉戏着学他的叫喊[5]!

---

1 载上海《诗》月刊1923年4月15日第2卷第1号，署名冯文炳。
2 近代所藏稿无逗号。
3 "却再也没听见什么了!"，近代所藏稿另作一行并顶格。
4 "瞎子的叫喊"，近代所藏稿为"瞎子叫喊"。
5 "他的叫喊"，近代所藏稿为"他叫喊"。

四

　我时常记起那天在市场上遇着的那赤脚的女孩子：
举起盛着叫卖[1]的西瓜的篮子，
走向玩具店[2]问一朵纸花的价值。

五

　这都是我遇见的小孩：
白天里跟着太太的车子跑；
夜间在漆黑的巷子里喊卖"晚报！"

六[3]

　雨后的街道，泥泞中踏开了容得一个人走过的路。
我挈起衣服从这边低头走去。

---

1 "叫卖"，近代所藏稿为"卖"。
2 "玩具店"，近代所藏稿为"一个玩具店"。
3 近代所藏稿题为"小孩"。

不觉迎面撞着一个小孩子。

无意中我的手已经搭在他的肩膀上,笑道:"谁让谁呢?"[1]

  雨后的街道,泥泞中没有一个足迹。

我挈起衣服从这边低头走去。[2]

走到前面横着水荡的地方,不觉停了脚步,打量怎样过去。[3]

忽然两个在荡旁游戏的赤脚的孩子叫道:"先生!这
  边跳。"[4]

我果然依着他们的话平安的跳过去了。

七[5]

太阳落山[6]的时候,我沿着北河沿的杨柳树往前走。

河那边杨柳树下,一个美丽的小姑娘扶着书包同我一样

---

1 此诗以上部分,题为"小孩",载北京《努力周报》1922年10月8日第23期,署名冯文炳。
2 "。",近代所藏稿为逗号。
3 从上行"不觉"始,近代所藏稿另作一行并顶格。
4 "'先生!这边跳。'",近代所藏稿另作一行并顶格。
5 近代所藏稿题为"美丽的小姑娘"。
6 "落山",近代所藏稿为"落土"。

的方向往前走。[1]

起初她走在我前,我快一点步子赶上了,两个人差不多成一条直线。[2]

她往天上一睄,我也往天上一睄,原来杨柳缝里衬出半轮月亮。[3]

月亮好像也爱那小姑娘,带笑[4]的向着[5]我们朝后退。

不觉间前面到了一座桥,我更快一点步子,打算到那边去捱近她。——[6]

不知怎的却站在桥头望着她过去了。

---

1 从上行"一个美丽"始,近代所藏稿另作一行并顶格。"小姑娘"后,近代所藏稿加逗号。"扶",近代所藏稿为"挟"。
2 从上行"我快"始,近代所藏稿另作一行并顶格。
3 从上行"原来"始,近代所藏稿另作一行并顶格。
4 "带笑",近代所藏稿为"很带笑"。
5 "向着",近代所藏稿为"面着"。
6 从上行"我更"始,近代所藏稿另作一行并顶格。"捱近",近代所藏稿为"撞"。

# 杂诗[1]

### 一

我的心焦灼得要炸了,
用种种法子想把他凉下去,
结果只焦灼得更利害。
平尝读圣经到耶稣钉上十字架的地方,
心里也凉爽;
有一回偶然遇见被处死刑的强盗上杀场,
心里也凉爽:
这些时候,我感着种种不同的悲哀,
虽然苦,究竟是一种味道。
只有今天,
实在只有今天,
人家照例笑嬉嬉的过去,
我的心焦灼得要炸了。

---

[1] 载上海《诗》月刊1923年5月15日第2卷第2号,署名冯文炳。

## 二

"凡事不要凭着理想,
这样,徒自增苦恼!"
"朋友!
我能了解你话里的意义,
但这意义不能消掉我的苦恼。"

## 磨面的儿子[1]

"给我买一幅眼镜呀,爸爸?"
"你要眼镜做什么呢,
你的眼睛近视不成?"
"那么,驴子,他要眼镜做什么呢?"

---

[1] 载上海《诗》月刊1923年5月15日第2卷第2号,署名冯文炳。

## 洋车夫的儿子[1]

"爸爸!你为什么不睬我呢?
只要一个铜子,
那个糖,阿五吃的那个糖。"
"拉去罢?拉去罢?"
"走了,走了,
也,也不睬你哩!"

---

1 载上海《诗》月刊1923年5月15日第2卷第2号,署名冯文炳。

## 夏晚[1]

天上乌云密布，
我在池旁，
鱼在池中，
　没有谁知道。
我把我的心一行行写成字，
再把字一个个化成灰，
其时漏钟三响，
细雨吱吱不住。

---

[1] 载上海《民国日报·文艺旬刊》1923年9月25日第9期，署名冯文炳。

## 小诗[1]

久不作诗,五分钟内吟成两首,所以催眠也。
十二月十九日晨起补记。

一

白天里我对着一张纸做我的梦,
夜间睡在床上听人家打鼾。

二

讨厌的人们呵,
你们就在梦里也是搅扰我。

---

[1] 载北京《语丝》周刊1926年1月11日第61期,署名冯文炳。

## 一日内的几首诗[1]

一

我把我自己当一块石头丢了——
嗳哟,他丢不出这世界!

二

我走在大街之上,
忽而又跑上这大街里头的一座山——
我鼓起眼睛仰对青天问了:
"这你所高临的下界原来是一个好看的绿林!"

三

多么一个简单的事实,
因为神经异样,所以就发狂。

---

[1] 载北平《骆驼草》周刊1930年5月26日第3期。

四

上帝造就了一切,
但是,你要自杀吗,
须得自己去造一把刀。

五

四通八达的路上,
人看我,我看人,
我的心里呵,
是在念我的咒诅的诗句。

六

在我的门口有一个折断了腿破布包着膝头沿门讨者。
我愿普天下人都这样跪在"生"之前,
看他怎么好意思!

今天因为别的事情翻开旧稿,一翻翻出了这几首诗,一看日子都是四年前一天写的,我是完全忘记的了。

十九年三月十六日。

# 笼[1]

我把我自己锁了起来,
侥幸我的爱情是最结实的了。
我听得树上的鸟儿叫得怪好听,
原来这是猎人装就的一只笼呵。
我要飞出去我已经是个奴隶,
我再哭也不肯哭了。
关死了我我不要紧,
可怜我身上还背了一个爱情呵。

> 我是不能作[2]诗的,偶尔作出一首诗来,因而想说几句话。这首诗,来得极快,而是夜半苦口吟成,自己很是爱惜。我相信它是一首新诗,严格的新诗。中国的新诗,如果要别于别的一切而能独立成军,我想这样的一种自由的歌唱,是的。原来它有它的气候呵,自然与散文不同。然而我只有这一回。这决不是自己想夸口,有什么

---

[1] 载北平《华北日报副刊》1930年3月16日第281号。
[2] 原刊为"做"。废名文章中"作诗"与"做诗"混用,今统一为"作诗"。

可夸的呢？生命的偶尔的冲击。自己简直想不发表，讲闲话则简直对不起自己呵。作诗的人（这是说新诗，从来的旧诗人似乎又不同，那简直不别于散文的）实在要看他过的一种生活，这是无可如何的，我因为自己知道是非诗人，所以向来就不妄想作诗。其次，作诗也还是运用文字，首先当然要学会作文，这并不是一件容易事呵，古之诗人似乎都有这副本领，所谓"得失寸心知"也。这当然又不是截然的两件事，每每是互相生长，到得成功，自然有一个从心所欲不逾矩。对于文字的运用懂得辛苦的人，每每悟得体裁，各样体裁各有其长短，而当初的创造者我们真可以佩服他，他找得了他的范围，就在这里发展，避其所不及，用其所长，结果只成就了他的长处了，成为一时代的创作，所以中国文学史上有词作得极古怪，决不是以前的诗之所有，而其人也曾作诗，待现在我们看来，显有高下之别，这是一件有意义的事的,——这一说真不晓得说些什么东西了,然而我是关心于中国的新诗,巴不得它一下得到了它的真正的领土,它要是完全是创造的,要有它的体裁,它的文字,文学史上的事实可以证古人多不"旧",而我们每每是旧的了,弄得牛头不对马嘴,一座荒货摊。糟踏了新诗这颗好种子且不说,看着古人一代一代的创造的成绩,我们真好自己是奴才哩。或者这个奴才又站在西方圣人之前。然而最要紧的自然还是生命,生命的洪水自然会冲破一切,而水也自然要流成河流。我因为不能作诗,而真真的是爱它,不由己的乱说一阵,实在没有说得好。如果是我一时发了狂,那不久我也一定知道,天下诗人幸莫怪我。

三月五日

## 亚当[1]

亚当惊见人的影子,
　　于是他就[2]悲哀了。
人之母道:
　　"这还不是人类,
是你自己的影子。"

　　　　　　二十年三月十四日

---

1　载北平《文学季刊》1934年1月1日创刊号。又载上海《诗领土》月刊1944年6月25日第3号(5、6月合刊)。又载上海《风雨谈》月刊1944年8月9日第14期。
2　"就",家藏稿删去。

## 沉默

山在夜里才自默其高,
因为不安寂寞。
登泰山而小天下,
于是泰山思慕夜。

      二十年三月十四日

止定

夜深
人间之鼾息
惊动一枝万年笔。

    二十年三月十五日

## 诗情[1]

病中没看梅花,
今日上园去看,
梅花开放一半了,
我折他一枝下来,
待黄昏守月
寄与嫦娥
说我采药。

---

[1] 载北平《华北日报·文艺周刊》1934 年 5 月 21 日第 8 期,家藏稿末署"二十年三月十五日"。

## 眼明


我拧着闲愁掐一朵花,
捻在手上我明眼的看,
也算是在我的黄昏天气里
点一点胭脂。

     二十年三月十六日

## 梦之二[1]

我在女人的梦里写一个善字,
我在男子的梦里写一个美字,
厌世诗人我画一幅好看的山水,
小孩子我替他画一个世界。

      二十年三月十七日

---

1 家藏稿原题为"梦之使者"。另见废名《中国文章》,北平《世界日报·明珠》1936年11月6日第37期,题为"梦"。又见废名《黄梅初级中学二四区毕业同学所办怀友录序》,北平《平明日报·星期艺文》1947年7月27日第14期,题为"梦",全诗如下:

  我在男子的梦里写一个美字,
  我在女子的梦里写一个善字,
  厌世诗人我画一幅美丽的山水,
  小孩子我替他画一个世界。

# 无题 [1]

对着镜子
忽然起杀像之意,——[2]
我还是听人生之呼唤
让他是一个空镜子。

---

[1] 载北平《华北日报·文艺周刊》1934年4月23日第4期,与《果》《栽花》《坟》合题为"诗选之三"。家藏稿原题为"杀却像",末署"二十年三月十七日"。

[2] "忽然起杀像之意,——",家藏稿原为"忽然想把他砍了,——",又改为"起杀像之意,——"。

## 草,树,花

点点[1]红不如天上的星,
　　一园之花语。
浅草默以太阳命之曰夜。
众树离群自守其影。

二十年三月十八日

---

[1] "点点",家藏稿原为"万点"。

画 [1]

嫦娥说，

我未带粉黛上天，

我不能看见虹，

下雨我也不敢出去玩，

我倒喜欢雨天看世界，[2]

当初我倒没有[3]打[4]把伞当月亮[5]，

自在声音颜色中，[6]

我催诗人画一幅画罢。

---

1 载北平《华北日报·文艺周刊》1934年4月2日创刊号。家藏稿末署"二十年三月十八日"。另见废名《北平通信》，上海《宇宙风》半月刊1936年6月16日第19期。收入《水边》和《招隐集》。
2 "我倒喜欢雨天看世界"，家藏稿原改为"我也喜欢听见一点声音"。
3 "没有"，家藏稿原为"可以"。
4 "打"，原刊为"当"。
5 "当月亮"，家藏稿改为"做月亮"。
6 家藏稿删去此行。

**拔树梦**


梦见窗外一棵树倒了,举头熟视
  无已,
我很喜欢这个梦怎么这么轻。


      二十年三月二十一日

# 琴[1]

我是一个贪看颜色的人,
所以我成了一个盲人,
向来我笑人说花作影,
花为什么看他的影子,
我以为那一定是一个盲人,
如今我是一个盲人,
我的世界没有影子,
一切的颜色是我的涅槃,
天上我晓得有星,
黑夜不如我的光明,
我的世界没有生生死死,
我求我的夜借我一张琴。
弹一曲五色之哀音。

---

[1] 载北平《华北日报·文艺周刊》1934年4月2日创刊号。

## 花的哀怨[1]

我是一朵花,

一朵红的花,

一朵小的花,

我长望着一颗星,

知道我总也不能求他的光明。

我知道我的心,

情愿就在黑暗里自己安静一点,——

谁说我不哭?

可怜的露珠儿她也怕人看见了罢了,

只有她最是知道我的心,

在这寂寞里依靠我的命运似的。

我害怕明天的朝阳,

我怕他又来了,

于是他们就说我又哭了,

说我脸红了,——

他们那知道我的心?

我是一天一天憔悴的了。

---

[1] 载北平《华北日报·文艺周刊》1934年4月16日第3期,与《玩具》合题为"诗选之二"。

## 玩具[1]

我带一件玩具去求见一位女郎,
路上我遇见上帝,
看护一只羔羊,
我知道这是天上,
上帝为什么指手,
我想这大概是指点我,
我看见地下一座坟墓,
草色芊芊墓正圆,
人间从天上看是一块草田,
我一句话也没说,
我把我的礼物交给上帝,
醒来了我做了一场梦,
我信托我的礼物他不是空的。

---

[1] 载北平《华北日报·文艺周刊》1934年4月16日第3期。

果[1]

我不愿我的花带我以甘露,
我等他还我一颗鸦片
我囫囵吞枣。

---

[1] 载北平《华北日报·文艺周刊》1934年4月23日第4期。

## 栽花[1]

我梦见我跑到地狱之门栽一朵花,

回到人间来看是一盏鬼火。

---

[1] 载北平《华北日报·文艺周刊》1934年4月23日第4期。

# 坟[1]

我的坟上明明是我的鬼灯,

催太阳去看为人间之一朵鲜花。

---

[1] 载北平《华北日报·文艺周刊》1934年4月23日第4期。

## 小园 [1]

我靠我的小园一角栽了一株花,
花儿长得我心爱了。
我欣然有寄伊之情,
我哀于这不可寄,[2]
我连我这花的名儿也不可说,——
难道是我的坟么?

---

1 据家藏稿。另见废名《新诗讲义——关于我自己的一章》,《天津民国日报·文艺》1948年4月5日第120期。
2 ",",《天津民国日报·文艺》本为句号。

# 无题[1]

我在人家的门前看见一个小孩,
伊的母亲是我所敬重的人,
在这里我不敢说一个爱字,——
事到如今
可笑我还是一颗要哭的心。
我伸手向这小孩表示我的欢欣,
小人儿也认得我的慈祥,
忘却我们的陌生,
这时我不是站在爱情面前,
所以我不怕见伊的母亲。

---

[1] 见《胡适遗稿及秘藏书信》第36卷,黄山书社1994年12月版,附于废名致胡适信后,作于1932年6月15日。全信如下:

> 适之先生:
> 　　今夜睡前偶成一首诗,这种诗想是先生所喜欢,大概还是"尝试集"派,寄呈一览。但先生看了有点中意时,也请不要把他发表。
> 敬请道安
> 　　　　　　　　废名上,十五日夜十一时。
> 　　先生说为石民寄点款去,不知已寄出否,此人大有在上海滩上作枯鱼之呼喊。

## 无题[1]

我是从一个梦里醒来,

看见我这个屋子的灯光真亮,

原来我刚才自己慢慢的把一个现实的世界走开了。

大约只能同死之走开生一样,——

你能说这不是一个现实的世界么?

我的妻也睡在那壁,

我的小女儿也睡在那壁,

于是我讶着我的灯的光明,

讶着我的坟一样的床,

我将分明的走进两个世界,

我又稀罕这两个世界将完全是新的,

还是同死一样的梦呢?

还是梦一样的光明之明日?

---

[1] 见废名《诗及信》,北平《水星》月刊 1935 年 1 月 10 日第 1 卷第 4 期,作于 1934 年 10 月 17 日。题名系本书编者所加。

## 无题 [1]

糊糊涂涂的睡了一觉,
把电灯忘了拧,
醒了难得一个大醒 [2],
冷清清的屋子夜深的灯。

目下的事情还只有埋头来睡,
好像看鱼儿真要入水,
奇怪庄周梦蝴蝶
又游到了明日的早晨。

---

1 见废名《诗及信》,北平《水星》月刊 1935 年 1 月 10 日第 1 卷第 4 期,作于 1934 年 11 月 16 日。收入《水边》和《招隐集》,题为"无题"。
2 此行《水边》本和《招隐集》本为"醒了难得的大醒"。

# 出门[1]

我走在街上,
心里惊讶着一个人类的记录,
这就是说诗人的诗,——
迎面来了一个朋友我不认识了,
这时我举目无亲,
百事皆非,
车水马龙
肩摩踵接
也正好不是一个空白,
我仿佛只有这个空白的是最能懂得的了。

---

[1] 载天津《益世报·文学副刊》1935年5月1日第9期。

## 理发店 [1]

理发匠的胰子沫 [2]

同宇宙不相干 [3]

又好似鱼相忘于江湖。

匠人手下的剃刀 [4]

想起人类的理解 [5]

划得许多痕迹。

墙上下等的无线电开了,

是灵魂之吐沫。

二五，五，一.

---

1 载上海《新诗》月刊1936年12月10日第1卷第3期,与《北平街上》《飞尘》合题为"诗三首"。收入《水边》和《招隐集》。另见废名《新诗讲义——关于我自己的一章》,《天津民国日报·文艺》1948年4月5日第120期。
2 此行末,《水边》本和《招隐集》本均加逗号。
3 此行末,《水边》本、《招隐集》本和《天津民国日报·文艺》本均加逗号。
4 此行末,《水边》本和《招隐集》本均加逗号。
5 此行末,《水边》本和《招隐集》本均加逗号。

## 北平街上[1]

诗人心中的巡警指挥汽车南行

出殡人家的马车马拉车不走

街上的寂静古人的诗句萧萧马鸣

木匠的棺材花轿的杠夫路人交谈着三天前死去了认识的人

是很可能的万一着了火呢

不记得号码巡警手下的汽车诗人茫然的纳闷[2]

空中的飞机说是日本人的

万一扔下炸弹呢[3]

人类的理智街上都很安心[4]

木匠的棺材花轿的杠夫路人交谈着三天前死去了认识的人

马车在走年龄尚青蓬头泪面岂说着死人的亲人

炸弹搬到学生实验室里去罢

诗人的心中宇宙的愚蠢

二五，五，三．

---

1 载上海《新诗》月刊1936年12月10日第1卷第3期。家藏稿末署"五，三。"。收入《水边》和《招隐集》，题为"街上"。
2 "茫然的纳闷"，《水边》本和《招隐集》本均为"茫然纳闷"。
3 此行与上一行，《水边》本和《招隐集》本均删去。
4 此行下，《水边》本和《招隐集》本均有两行省略号，疑省略者为第八、第九两行。

# 飞尘[1]

不是想说着空山灵雨,

也不是想着虚谷足音,

又是一番意中糟粕,

依然是宇宙的尘土,——

檐外一声麻雀叫唤,

是的,诗稿请纸灰飞扬了。

虚空是一点爱惜的深心。

宇宙是一颗不损坏的飞尘。

二五,十,二三.

---

1 载上海《新诗》月刊1936年12月10日第1卷第3期。家藏稿末署"十月二十三日"。收入《水边》和《招隐集》。《水边》书首有此诗手稿照片。

## 二十五年十一月十五日北平初冬大雪后夜半作是日鹤西回保定[1]

火车站走了少年客,

他是从梅花大庾岭回来的,

他说红豆生南国,

三年的相思不见一株落叶树,

今天北平初冬的大雪,——

说不尽山中白云,

数不尽树上红叶,

诗情片片拾得,

于今又回到不远的车站旁边住家去了。

我家院子里两年高一株小杏树,

大雪里小孩子比着圣诞老人似的,

这些我都忘记了,

夜半一天星,

天真嬉笑问我一切,

迎面我也忘了天上的星,

我记得亮晶晶一天的雪,——

问你们晚安!

---

[1] 载上海《宇宙风》半月刊1937年1月16日第33期插页,系据手稿影印。家藏稿题为"二十五年十一月十五日北平初冬大雪后,夜半作。是日鹤西回保定。"。

# 灯[1]

深夜读书[2]

释手一本老子道德经之后,

若抛却吉凶悔吝[3]

相晤一室。

太疏远莫若拈花一笑了,

有鱼之与水,[4]

猫不捕鱼,

又记起去年冬夜里地席上看见一只小耗子走路[5],

夜贩的叫卖声又做了宇宙的言语,

又想起一个年青人的诗句

鱼乃水之花。[6]

灯光好像写了一首诗,

他寂寞我不读他。

---

1 载上海《新诗》月刊1937年3月10日第1卷第6期,与《星》合题为"诗二首"。收入《水边》和《招隐集》。
2 此行末,《水边》本和《招隐集》本均加逗号。
3 此行末,《水边》本和《招隐集》本均加逗号。
4 "有鱼之与水",家藏稿改为"鱼之水"。
5 "走路",《水边》本和《招隐集》本均删去,行末无逗号。
6 "鱼乃水之花。",《水边》本和《招隐集》本均加引号。

我笑曰,我敬重你的光明。

我的灯又叫我听街上敲梆人。

# 星[1]

满天的星[2]

颗颗说是永远的春花。

东墙上海棠花影[3]

簇簇说是永远的秋月。

清晨醒来是冬夜梦中的事了。

昨夜夜半的星,

清洁真如明丽的网,

疏而不失,

春花秋月也都是的,

子非鱼安知鱼。

---

1 载上海《新诗》月刊 1937 年 3 月 10 日第 1 卷第 6 期。收入《水边》和《招隐集》。存手稿。
2 此行末,《水边》本和《招隐集》本均加逗号。
3 此行末,《水边》本和《招隐集》本均加逗号。

## 十二月十九夜[1]

深夜一枝灯,

若高山流水,

有身外之海。

星之空是鸟林,

是花,是鱼,

是天上的梦,

海是夜的镜子。

思想是一个美人,

是家,

是日,

是月,

是灯,

是炉火,

炉火是墙上的树影,

是冬夜的声音。

---

1 载上海《文学杂志》月刊1937年6月1日第1卷第2期,与《宇宙的衣裳》《喜悦是美》合题为"诗三首"。收入《水边》和《招隐集》。存手稿。

## 宇宙的衣裳[1]

灯光里我看见宇宙的衣裳,

于是我离开一幅面目不去认识他,

我认得是人类的寂寞,

犹之乎慈母手中线

游子身上衣,——[2]

宇宙的衣裳,

你就做一盏灯罢,

做诞生的玩具送给一个小孩子,

且莫说这许多影子。

---

1 载上海《文学杂志》月刊1937年6月1日第1卷第2期。家藏稿末署"四.一."。收入《水边》和《招隐集》。
2 此行与上行,《水边》本和《招隐集》本均在"衣"后加下引号、在"慈"前加上引号,"衣"后无逗号。

## 喜悦是美[1]

梦里的光明,
我知道这是假的,
因为不是善的。
我努力睁眼,
看见太阳的光线,
我喜悦这是真的,
因为知道是假的,
喜悦是美。

---

[1] 载上海《文学杂志》月刊1937年6月1日第1卷第2期。家藏稿末署"二六,四,一。"。收入《水边》和《招隐集》。

## 远天的星[1]

黄昏街头的杨柳,

是空中的镜子。

对面小铺子的电灯,

是寂寞的尘封。

晚风将要向我说一句话,

是说远天的星么?

---

[1] 载《北平晨报·风雨谈》1937 年 5 月 18 日第 28 期。家藏稿末署"四,二九."。

# 小河[1]

干涸了的河床,[2]
　　望着天上的星道,
　　"我昼夜不息的波流呢?"
天上的星一齐谢道,
　　"你们忘了河里的沙,
　　你记得我们的波流。"

---

[1] 载《北平晨报·风雨谈》1937 年 5 月 25 日第 31 期。家藏稿末署"五,一."。
[2] ",",家藏稿无标点。

# 街头[1]

行到街头乃有汽车驰过,

乃有邮筒寂寞。

邮筒 PO

乃记不起汽车的号码 X,

乃有阿拉伯数字寂寞,

汽车寂寞,

大街寂寞,

人类寂寞。

---

[1] 载上海《新诗》月刊 1937 年 7 月 10 日第 2 卷第 3、4 期,与《寄之琳》合题为"诗二首"。收入《水边》。另见废名《新诗讲义——关于我自己的一章》,《天津民国日报·文艺》1948 年 4 月 5 日第 120 期。据废名 1937 年 5 月 11 日致周作人信,此诗当作于 1937 年 5 月 7 日。

## 寄之琳[1]


我说给江南诗人写一封信去,
乃窥见院子里一株树叶的疏影,
他们写了日午一封信。
我想写一首诗,
犹如日,犹如月,
犹如午阴,
犹如无边落木[2]萧萧下,[3]
我的诗情没有两个叶子。

---

1 载上海《新诗》月刊1937年7月10日第2卷第3、4期。家藏稿原题为"寄卞之琳",后涂掉"卞"字。末署"五,八."。收入《水边》和《招隐集》。另见废名《新诗讲义——关于我自己的一章》,《天津民国日报·文艺》1948年4月5日第120期。
2 "落木",《水边》本和《招隐集》本均为"木叶"。
3 此行末,《天津民国日报·文艺》本和家藏稿在逗号后加"——"。

**偶成**[1]

行树之影,
古今之身,
又是小孩子的涂鸦,
又是女子的梦幻,
却在明月之下,
却是感伤[2]的颜色,
声音也不落在画以外了。

---

1 载上海《诗领土》月刊 1944 年 6 月 25 日第 3 号（5、6 月合刊）。又载上海《风雨谈》月刊 1944 年 8 月 9 日第 14 期。存手稿。
2 "感伤",《风雨谈》本为"伤感"。

## 雪的原野 [1]


雪的原野,

你是未生的婴儿,

明月不相识,

明日的朝阳不相识,——

今夜的足迹是野兽么?

树影不相识。

雪的原野,

你是未生的婴儿,——

灵魂是那里人家的灯么?

灯火不相识。

雪的原野,

你是未生的婴儿,

未生的婴儿,

是宇宙的灵魂,

是雪夜一首诗。

---

1 载北平《平明日报·星期艺文》1947年3月2日第10期,与《街上的声音》合题为"诗二首"。家藏稿末署"四,三三."。

## 街上的声音[1]

街上的声音,

不是风的声音——

小孩子说是打糖锣的。

风的声音,

不是宇宙的声音——

小孩子说是打糖锣的。

小孩子,

风的声音给你做一个玩具罢,

街上的声音是宇宙的声音。

---

[1] 载北平《平明日报·星期艺文》1947年3月2日第10期。

## 四月二十八日黄昏[1]

街上的电灯柱

　一个灯一个灯。

小孩子手上拿了杨柳枝看天上的燕子飞，[2]

　一个灯一个灯。

　石头也是灯。

　道旁犬也是灯。

　盲人也是灯。

　叫花子也是灯。

　饥饿的眼睛——也是灯也是灯。[3]

黄昏天上的星出现了，

　一个灯一个灯。

---

1　载北平《龙门杂志》月刊1947年6月15日第1卷第4期，存手稿。
2　此行家藏稿分为两行，即"看天上的燕子飞，"另作一行并顶格。
3　此行家藏稿分为两行，即"也是灯也是灯。"另作一行，首字与上行首字齐。"饥饿的眼睛"后无"——"。

## 鸡鸣[1]

人类的灾难止不住晨鸡鸣，[2]
村子里非常之静，
大家惟恐大祸来临。
不久是逃亡，
不久是死亡，
鸡鸣狗吠是理想的世界了。

---

1 载北平《平明日报·星期艺文》1948年2月15日第43期。又载上海《文学杂志》月刊1948年5月第2卷第12期，与《人类》《真理》合题为"诗三首"。
2 此行《文学杂志》本分为两行，即"止不住晨鸡鸣，"另作一行并顶格。

# 人类[1]

人类的残忍
正如人类的面孔,
彼此都是认识[2]的。

人类[3]的残忍
正如人类的思想,
痛苦是不相关的。

---

1 载北平《平明日报·星期艺文》1948年2月15日第43期。又载上海《文学杂志》月刊1948年5月第2卷第12期。
2 "认识",《文学杂志》本为"相识"。
3 "人类",《文学杂志》本误植为"人随"。

## 真理[1]

飞机在空中
等于飞鸟。[2]
飞机在空中
是炸弹。
什么是思想?
思想是飞鸟,
　是炸弹。
什么是真理?
真理不是飞鸟,
　不是炸弹。
真理是人类的同情心。

---

1　载北平《平明日报·星期艺文》1948年2月15日第43期。又载上海《文学杂志》月刊1948年5月第2卷第12期。
2　"。",《文学杂志》本为逗号。

# 人生[1]

我在街头看见额上流汗,

我仿佛看见人生在哭。

我看见人生在哭,

我的额上流汗。

---

[1] 载北平《平明日报·星期艺文》1948年6月7日第59期。废名长篇小说《莫须有先生坐飞机以后》第14章"留客吃饭的事情",将此诗列于莫须有先生名下,文字略有出入。全诗如下:

> 我在路上看见额上流汗,
> 我仿佛看见人生在哭。
> 我看见人生在哭,
> 我额上流汗。

关于此诗的写作时间,《废名集》(北京大学出版社2009年1月版)根据小说情节系于"己卯腊月二十九日,亦即1940年2月6日"。

## 无题[1]

芳草无情底事愁,
朝阳梦里泣牵牛。
旧游不是长江水,
独自藤花鹦鹉洲。

---

[1] 见废名《北平通信》,上海《宇宙风》半月刊 1936 年 6 月 16 日第 19 期。题名及标点系本书编者所加。

## 无题[1]

小桥城外走沙滩,
至今犹当画桥看。
最喜高底河过堰,
一里半路岳家湾。

---

[1] 见废名《黄梅初级中学同学录序三篇》,天津《大公报·星期文艺》1946年11月17日第6期。题名及标点系本书编者所加。

# 窗[1]

### 波特莱尔原作

一个人穿过开着的窗而看，决不如那对着闭着的窗的看出来的东西那么多。世间上更无物为深邃，为神秘，为丰富，为明暗，为眩动，较之一枝烛光所照的窗了。我们在日光下所能见到的一切，永不及那窗玻璃后见到的有趣。在那幽或明的洞隙之中，生命活着，梦着，折难着。

横穿屋顶之波，我能见一个中年妇人，脸打皱，穷，她长有所倚，她从不外出。从她的面貌，从她的衣装，从她的姿态，从几乎没有什么，我造出了这妇人的历史，或者不如说是她的故事，有时我就念给我自己听，带着眼泪。

倘若那是一个老汉，我也一样容易造出他的来罢。

于是我睡，自足于在他人的身上生活过，担受过了。

你将问我，"你相信这故事是真的吗？"那有什么关系呢？——我以外的真实有什么关系呢，只要他帮助我过活，觉到有我，和我是什么？

——Baudelaire 散文诗之一。

---
[1] 载废名《竹林的故事》，北京新潮社 1925 年 10 月初版。

# 译诗[1]

### 太戈尔原作

"What language is thine, O sea?"

"The language of eternal question."

"What language is thy answer, O sky?"

"The language of eternal silence."

"你操的是那一种语言呢,啊,海?"

"语言而为永永之问。"

"你回答的又是那一种呢,啊,天?"

"语言而为永永之默。"

---

[1] 载北平《骆驼草》周刊 1930 年 9 月 8 日第 18 期,署名法。另见废名《谈新诗·冰心诗集》(新民印书馆 1944 年 11 月初版),文字略有出入。全诗如下:

> "你说的是那一种语言呢,啊,海?"
> "语言而为永久之问。"
> "你答的是那一种语言呢,啊,天?"
> "语言而为永久之默。"

# 附录

## 新诗问答[1]

问 可以谈谈关于新诗的意见么?

答 这倒是我喜欢谈的题目。据我所知道的现在作新诗的青年人,与初期白话诗作者,有着很不同的态度。

问 怎样的不同?

答 他们现在作新诗,只是自己有一种诗的感觉,并不是从一个打倒旧诗的观念出发的,他们与中国旧日的诗词比较生疏,倒是接近西方文学多一点,等到他们稍稍接触中国的诗的文学的时候,他们觉得那很好。他们不以为新诗是旧诗的进步,新诗也只是一种诗。

问 你对于这个态度取着什么意见?

---

1 载上海《人间世》半月刊1934年11月5日第15期。

**答** 我以为这个态度是正确的,可以说是新诗观念的一个进步。

**问** 有些初期作新诗的人,现在都不作新诗了,他们反而有点瞧不起新诗似的,不知何故?

**答** 据我所知道的初期作新诗的人现在确是不作新诗,这是他们的忠实,也是他们的明智,他们是很懂得旧诗的,他们再也没有新诗"热",他们从实际观察的结果以为未必有一个东西可以叫做"新诗"。

**问** 看你的口气,对于刚才所说的两方面似乎都表示同意,然则你对于新诗到底取着什么态度?

**答** 是的,对于这两方面我都同意,正因为此,我觉得我们才有新诗可谈。然而我首先要谈谈旧诗,我对于新诗能够有我的一点意见,可以说是从旧诗看来的。我所谓旧诗,乃指着中国文学史上整个的诗的文学而说。

**问** 愿闻其详。

**答** 要怎样详细的说,我是没有那样的能力的,我只能就我所感得亲切的来说。我觉得中国已往的诗的文学,内容总有变化,虽然总有变化,自然而然的总还是"旧诗"。以前谈诗的人,也并不是不感觉到有一个变化,但他们总以为这是一种"衰"的现象,他们大约以为愈古的愈好。我想这个态度是不合理的。他们不能理会到这是诗的内容的变化,这个变化是一定的，这正是时代的精神。好比晚唐人的诗，何以能说不及盛唐呢？他们用同样的方法作诗，文字上并没有变化，只是他们的诗的感觉不同，因之他们的诗我们读着感到不同罢了。古今人头上都是一个月亮，古今人对于月亮的观感却并不是一样的观感，"永夜月同孤"正是杜甫，"明月松间照"正是王维，"举杯[1]邀明月，对影成三人"正是李白。这些诗我们读来都很好，但李商隐的"嫦娥无粉黛"又何尝不好呢？就说不好那也是没有办法的，因为那只是他对于月亮所引起的感觉与以前不同。又好比雨，晚唐人的句子"春雨有五色，洒来花旋成"，这总不是晚唐以前的诗里所有的，以前人对于雨总是"雨中山果落""春帆细雨来"这一类闲逸的诗兴，到了晚唐人，他却望着天空的雨想到花想到颜色上去了，这也不能不说是很好的想像。我首先所引的李商隐的"嫦娥无粉黛"，也正可以这样解释，他望着月亮，却想到粉白黛绿上去了。感觉的不同，我只能笼统的说是时代的关系。因为这个不同，在一个时代的大诗人手下就能产生前无所有的佳作。我还是拿李商隐来说，我看他的哀愁或者比许多诗人都美，嫦娥窃不老之药以奔月本是一个平常用惯了的典故，他则很亲切的用来做一个象征，其诗有云，"嫦娥应悔偷

---

[1] "杯"，原刊为"酒"。

灵药，碧海青天夜夜心"，我们以现代人的眼光去看这诗句，觉得他是深深的感着现实的悲哀，故能表现得美，他好像想像着一个绝代佳人，青天与碧海正好比是女子的镜子。无奈这个永不凋谢的美人只是一位神仙了。难怪他有时又想到那里头并没有脂粉。

**问** 这样说倒很有趣，只是能够断定这一定是作诗人当时的意思么？

**答** 这话自然很难说，不过我们可以从他的许多诗看出他的灵魂之一致处。他爱用嫦娥与东方朔的典故，大约前者象征理想，后者象征现实，所以他说"窃药偷桃事难兼"。这还近乎表面的说法，若我们探到灵魂深处，可以窥见他对于颜色的感觉，他的诗中关于"月"与"夜"与"花"的联想似乎很特别，如李花诗有"自明无月夜"之句，白菊有"繁花疑自月中生"，又如"深夜月当花"，"独夜三更月，空庭一树花"，我觉得这样的感觉在以前的唐诗里似少见，杜甫有"暗水流花径"，但杜诗引起读者的联想似乎只在夜里的水流，同"石泉流暗壁"一样的是杜甫的句子，倒是张籍的"夜月红柑树，秋风白藕花"有动人颜色之感，至少我个人是如此。李商隐关于牡丹的诗每每说到夜里去了，《僧院牡丹》诗有"粉壁正荡水，缃纬初卷灯"之句，另外有一首《牡丹》，起头用些夜的典故，最后两句"我是梦中传彩笔，欲书花叶寄朝云"，我想这真当得起西洋批评家所说的 Grand Style，他大约想像这些好看的花朵，虽然是黑夜之中，而颜色自在，好比就是诗人画就的寄给明日的朝阳。这样大抵就是"梦想"，也就是感觉过敏，对于现实太浓，势非跑到天上去不可了。他在另一《牡丹》诗里有两句"应怜萱草淡，却得号忘忧"，或者可以帮助我们解释这个意思。倘若我的话不是说得完全无稽，则前人把唐诗分作几期以为气体有盛衰之别，不能说是得其真相，他们何曾理会到内容的变化呢？各时代的诗都可作如是观，三百篇，古诗十九首，魏晋的诗，我们今日接触起来，都感得出这些诗里情感的变化。宋人姜白石的诗我读了也很新鲜，（我以为白石词不如诗）觉得这也确不是唐诗里有的。我对于词，也感着一个内容的变化，《花间集》大体说来好比是绘画，宋人词好比是音乐，前者写色，后者写情。南宋人也自有他的内容，好比史邦卿咏雨的句子"临断岸新绿生时，是落红带愁流去"，这种情思实在很佳，却好像不是北宋所有的。中国的诗的文学，到词为止，都是令我自然而然的注视其各自的内容，到了元曲，我的看法却不同，我觉得曲，还是诗，但以诗的文学这个标准来论价，它似乎没有什么特别的内容，只是体裁上由词而变成曲，所以我以为曲还是诗而没有独自的诗的价值，曲在文学史上的价值当以另一个观点来看。总而言之，我以为中国的诗的文学，到宋词为止，内容总有变化，其体裁也刚刚适应其内容，那一些诗人所作的诗都应该算是"新诗"，而这些新诗我想总称之曰"旧诗"，因为他们是运用同一性质的文字。初期提倡白话诗的人，以为旧诗词当中有许多用了白话，因而把那些诗词认为白话诗，我认为那是不对的，旧诗词，即我所称的"旧诗"，实在是在一个性质之下运用文字，那里头的"白话"是同单音字一样的功用，这便是我总称之曰"旧诗"之故。这样的诗的体裁，其所能表现的内容大约已经应有尽有，后人要再作诗填词，恐怕只是照壶卢画样，即算作者是天才，也总是居于被动的地位，体裁是可以模仿的，内容却是没有什么新的了。在另一方面后来有许多新的文学，如明人的散文，明清的小说，而这些新文学家也都作旧诗，他们的诗却并不怎么了不得，这未必是才力的关系。我再换一个说法，我们从散文与小说看来，古人的文章确是渐渐变到白话上来了，而且是有意的，只看《红楼梦》作者在开卷第一回的表明态度便可知道，他要用"贾语村言"，奇怪，曹雪芹偏偏还是作旧诗，这颇是令人纳闷的事情。白话文不待新文学运动已经有人写了，而这些写白话文的人不写白话诗，这好像是我们的新诗一个不好的预兆。这自然只是一句笑话，然而我想这里头或者也包含了一点道理。大凡一种新文学，都是这些新文学的作者有一种欲罢不能的势力然后他们的文学成功，至于他们是有意的或是无意的或者还没有关系，词与小说我想都是如此。这种欲罢不能的势力便成为文学的内容，这个内容每每自然而然的配合了一个形式，相得益彰，于是沛然若决江河莫之能御。说到这里我想把我的话作一个了结，我的重要的话只是这一句：我们的新诗首先要看我们的新诗的内容，形式问题还在其次。旧诗都有旧诗的内容，旧诗的形式都是与其内容适应的，至于文字问题在旧诗系统之下是不成问题的，其运用文字的意识是一致的，一贯下来的，所以我总称之曰旧诗。

问　然则什么是我们的新诗的内容呢？

答　这个我们还得谈旧诗。我说旧诗的内容尽有变化，其运用的文字却是一个性质，然而旧诗之所以成为诗，乃因为旧诗的文字，若旧诗的内容则可以说不是诗的，而是散文的。这话骤然听来或者有点奇怪，但请随便拿一首诗来读一下，无论是诗也好，词也好，古体诗也好，今体诗也好，其愈为旧诗的佳作亦愈为散文的情致，这一点好像刚刚同西洋诗相反，西洋诗的文字同散文的文字文法上的区别是很少的，西洋诗所表现的情思与散文的情思则显然是两种。中国诗中，像"前不见古人，后不见来者，念天地之悠悠，独怆然而涕下"确是诗的内容，然而这种诗正是例外的诗。"姑苏城外寒山寺，夜半钟声到客船"其所以成为诗之故，岂不在于文字么？若察其意义，明明是散文的意义。我先前所引的李商隐的"我是梦中传彩笔，欲书花叶寄朝云"，确不是散文的意义而是诗的，但这样的诗的内容用在旧诗便不称，读之反觉其文胜质，他的内容失掉了。这个内容倒是新诗的内容。我的意思便在这里，新诗要别于旧诗而能成立，一定要这个内容是诗的，其文字则要是散文的。旧诗的内容是散文的，其文字则是诗的，不关乎这个诗的文字扩充到白话。

问　你的意思仿佛可以明白，民间的歌谣大约是你所说的"散文的文字"？

答　歌谣确是可以做我们的新诗的参考，我们的歌谣是散文，但我们的歌谣也还能成为韵文，是自然的形成。我们的新诗如果能够自然的形成我们的歌谣那样，那我们的新诗也可以说是有了形式。不过据我的意见这是不大可能的，事实上歌谣一经写出便失却歌谣的生命，而诗人的诗却是要写出来的。写出来，文字上能成为诗，那正是旧诗。所以有人怀疑我们是不是有一个东西可以叫做新诗，那正是从诗的形式上实际观察的结果。

问　难怪你始终只是谈内容，我们的新诗首先要看我们的新诗的内容，原来新诗的诗的形式并没有！

答　我不妨干脆的这样说，新诗的诗的形式并没有。但我相信我们的时代正是有诗的内容的时代，我们的新诗正应该成功,也必得真有我们的新诗出现,我们的新文学才最有意义,单是散文的成绩,我们的新文学未必足以夸过古人,因为我们的散文本可以有一个形式上的成功,那怕文章的实质还赶不上古人。若我们的新诗成功了,我们的散文也必更有新的散文,恐不是一般人所能窥测的。这些话都近乎空话,有些固然是我自己信得过的,有许多则很出乎我的能力之外,不应该谈,其言不达意处,更请原谅。

# 诗及信[1]

一

鹤西：两首诗我读了果然喜欢，就此贺你了。今早看了你的这两首诗，我也提起笔来写一首了，你知道，我写诗完全是一个偶然，近来简直不有诗兴，也自己知道我是不会有诗兴的，只是喜欢看别人有诗，但前日夜里忽然有一个诗的感觉，自己觉得这感觉很好，但也就算了，不想用纸笔把它留下来的，接到你的诗，为得表示欢喜起见，我乃同算算学一样把我的前夜的诗用符号记录如下——

---

[1] 载北平《水星》月刊 1935 年 1 月 10 日第 1 卷第 4 期。

我是从一个梦里醒来,

　　看见我这个屋子的灯光真亮,

　　原来我刚才自己慢慢的把一个现实的世界走
　　　开了。

　　大约只能同死之走开生一样,——

　　你能说这不是一个现实的世界么?

　　我的妻也睡在那壁,

　　我的小女儿也睡在那壁,

　　于是我讶着我的灯的光明,

　　讶着我的坟一样的床,

　　我将分明的走进两个世界,

　　我又稀罕这两个世界将完全是新的,

　　还是同死一样的梦呢?

　　还是梦一样的光明之明日?

你看了以为何如?不吝棒喝是幸。匆匆不多及。

　　　　　　　　　　　废名十月十七日。

## 二

　　之琳兄:你叫我把鹤西给我的信同我复他的信交给你拿去发表,因为那里头有诗。我想鹤西的信或者单抄诗给你那是应该的,我的复信却没有什么意思,因为我的那首诗我觉得不好。鹤西的这两首诗我很喜欢,大约因为我怀念他,他远远的在那个没有"落叶树"的地方住了一年又回来了,若在不知作者行踪的人读来恐要隔膜一点。前天我在《水星》上读了足下的《道旁》,又很有恭贺你的意思,这种诗我读来很感觉新鲜,看来拙,其实巧。似造作,其实自然。足下诗篇于诗的空气之外又更有文章的Style。总而言之是一个新的"清新"。我复鹤西的信里所写的一首诗,虽然是想如实的画下来,其结果与当时的感觉却很不一样,当时的感觉并没有那么多的"大话",只是玲珑朴质可喜,看了你的《道旁》我乃另外用一个方法来描画一下,结果仍是失败,兹照抄于后。

   糊糊涂涂的睡了一觉,
   把电灯忘了拧,
   醒了难得一个大醒,
   冷清清的屋子夜深的灯。

   目下的事情还只有埋头来睡,
   好像看鱼儿真要入水,
   奇怪庄周梦蝴蝶,
   又游到了明日的早晨。

          废名十一月十六日

## 《小园集》序[1]

　　此时已是今夜更深十二时了罢,我不如赶快来还了这一笔文债,省得明天早晨兴致失掉了,那是很可惜的事,又多余要向朱君说一句话对不起,序还没有写也。今夜已是更深十二时也,我一口气一叶叶的草草将朱君英诞送来的二册诗稿看完了,忍不住笑,忍不住笑也。天下有极平常而极奇的事,所谓乐莫乐兮新相知也。其实换句话说也就是,是个垃圾成个堆也。今日下午朱君持了诗稿来命我在前面写一点文章,这篇文章我是极想写的,我又晓得这篇文章我是极不能写也,这位少年诗人之诗才,不佞之文绝不能与其相称也,不写朱君又将

---

[1]　载上海《新诗》月刊1937年1月10日第1卷第4期。

以为我藏了什么宝贝不伸手出来给人也，我又岂肯自己藏拙不出头赞美赞美朱君自家之宝藏乎，决非本怀也。去年这个时候，诗人林庚介绍一个学生到我这里来，虽然介绍人价值甚大，然而来者总是一学生耳，其第一次来我适在病榻上，没有见，第二次来是我约朱君来，来则请坐，也还是区区一学生的看待，朱君当头一句却是问我的新诗意见，我问他写过新诗没有，他说写过，我给一个纸条给他，请他写一首诗我看，然后再谈话，他却有点踌躇，写什么，我看他的神气是他的新诗写得很多，这时主人之情对于这位来客已经优待，请他写他自己所最喜欢的一首，他又有点不以为然的神气，很难说那一首是自己所最喜欢的，于是来客就拿了主人给他的纸条动手写，说他刚才在我的门口想着作了一首诗，就写给你看看，这一来我乃有点惶恐，就将朱君所写的接过手来看，并且请他讲给我听，我听了他的讲，觉得他的诗意甚佳，知道这进门的不是凡鸟之客，我乃稍为同他谈谈新诗，所谈乃是我自己一首《掐[1]花》，因为朱君说他在杂志上读过这一首诗，喜欢这一首诗，我就将这一首诗讲给他听，我说我的意思还不在爱这一首诗，我想郑重的说明我这首诗的写法，这一首诗是新诗容纳得下几样文化的例证。不久朱君的诗集《无题之秋》自己

---

[1] "掐"，原刊为"搯"。

出版了，送一册给我，我读了甚是佩服，乃知道这位少年诗人的诗才也。不但此也，我的明窗净几一管枯笔，在真的新诗出世的时候，可以秋收冬藏也。所以我在前说一句是个垃圾成个堆，其实说话时忍不住笑也，这一大块锦绣没有我的份儿，我乃爱惜"獭祭鱼"而已。说到这里，这篇序已经度过难关，朱君这两册诗稿，还是从《无题之秋》发展下来的，不过大势之所趋已经是无可奈何了，六朝晚唐诗在新诗里复活也。不过我奉劝新诗人一句，原稿有些地方还得拿去修改，你们自己请郑重一点，即是洞庭湖还应该吝惜一点，这件事是一件大事，是为新诗要成功为古典起见，是千秋事业，不要太是"一身以外，一心以为有鸿鹄之将至"也。若为增进私人的友爱计，这个却于我无多余，是獭祭鱼的话，秋应为黄叶，雨不厌青苔也。是为序。二十五年十一月三日，废名于北平之北河沿。

## 《冬眠曲及其他》序[1]

静希将刻其第四本诗集,命我写一篇序。我实不敢序静希的诗,亦实不敢辞,于是又实是勉为之序。这些都不是我故意说瞎话,是我的实话,首先静希知道我的真心实话也。话要这么扭扭捏捏的说,礼也,亦情也。金圣叹作序,第一篇是恸哭古人,第二篇是留赠后人。恸哭古人的意思我觉得可以不有,因此也就没有,若夫留赠后人的意思我觉得大可以有,我近来乃凡事都感觉留赠后人的兴趣者也。诗人辛稼轩曰:"不恨古人吾不见,恨古人不见吾狂耳。"这便因为古人有东西留赠给我们,我们读之如见其人,独有他们少此一见耳。不过孔夫子有一句话说得更浪漫更切实,他说:"德不孤必有邻。"

---

[1] 载林庚《冬眠曲及其他》,风雨诗社1936年11月初版。

这个我们有什么把握，真是惶恐之至。然而这句话的真实性又与天地同其不朽，斯则奇也。

当今之新诗人，有好几位都是不佞之友人，大半是友谊居第一位，诗人是附加上去的，即是说我的朋友是诗人，独静希乃因其诗人的资格，然后我叨光来做他的朋友，即是说以诗而增进友谊者也。这可以说是"德不孤必有邻"。

我不能写诗(附注：某是学道的)，这句话其实是首先应该声明的。那么这里所谓邻的意思大约只是说我对于诗有一点了解，而中国闹新诗的人则不大了解诗。不了解诗而闹新诗，无异作了新诗的障碍。私心尝觉得这件事可恨，故常想一脚踢翻那个诗坛，踢翻那个无非是要建设这个，即是说要把新诗的真面目揭发出来。不见有新诗，又何能向壁虚造，所以在静希的《春野与窗》无声无臭的出世的时候，我首先举手佩服之，心想此是新诗也。心想此新诗可以不同外国文学发生关系而成为中国今日之新诗也。以后常与静希见面谈话，静希又不断的写其新诗，从此不但知道我们的新诗可以如此，又知道古人的诗可以如彼。然而一个人才的关系固不大哉，所以我说无须恸哭古人，只需留点东西赠给后人，后人自然要循着古人根据也，然则一个人才的关系固不大哉。余为静希的诗集作序，然甚惭也。民国二十五年十一月十三日，废名于北平之北河沿。

## 永远是黑暗和林庚[1]

今早读了诗人林庚《"光明在前面"》一篇佳作,他大约是可恶拿着光明在前面这一面旗子在市场上招摇的人而说的,即是说他不喜欢空头文学家"光明在前面"这一个口号。我今也来喊一个口号,"永远是黑暗!"我其实是一个哲学家的说法,即所谓"逝者如斯夫,不舍昼夜"也。又像做一日和尚撞一日钟山门上贴春联,"暮鼓晨钟惊醒世间名利客"也。总而言之,合乎真理,人间若是久长时,正在朝朝暮暮也。再换一个说法,那才更是我的本意,更合乎科学的认识,即是说世界确乎永远是黑暗,因为永远是光明。地球上的光明是太阳给我

---

[1] 载北平《世界日报·明珠》1936年11月22日第53期。

们的,地球上的黑暗也是太阳给我们的,黑暗这两个字,即是光明这两个字,因为黑暗等于光明,是一个东西也。又即是虚空。不过本着这个认识,未免将陷于悲观。悲观又因为乐观,所以悲观又不能成立。那么我的态度是一个大无畏的精神了。从前写了一首新诗,抄奉新诗人郢政:

  梦中我画得一个太阳
  人间的影子我想我将不恐怖
  一切在一个光明底下
  人间的光明也是一个梦

# 天马诗集[1]

我于今年三月成诗集曰《天马》,计诗八十余首,姑分三辑,内除第一辑末二首与第二辑第一首系去年旧作,其余俱是一时之所成今年五月成《镜》,计诗四十首。现在因方便之故,将此两集合而刊之,唯《天马》较原来删去了几首,所删的有几首是第三辑里的散文诗,以不并在这里为好。方其成功《天马》时,曾作一序略略述及我对于新诗的意见,余之友人多见及之,兹则弃之,我想那意见或者是对的,然而我偶而而作诗,何曾立意到什么诗坛上去,那实在是一时的高兴而写了几句枝叶话罢了。及其写完《镜》,我更觉得我尚有"志"可言

---

[1] 载上海《风雨谈》月刊1943年7月25日第4期。

似的，那个志其实就庶几乎无言之志。今日别无话要说，只是勉强这样的想，惟人类有纪念之事，所以茫茫大块，生者不忘死，尚凭一抔之土去想像，其平生无一面缘者直为过路之人而已，是曰坟；艺术则又给不相识者以一点认识，所谓旦暮遇之，斯道不废，下余不可以已者殆没有。中华民国二十年十月十七日，废名记。

予病中无事，检理故纸，忽得废兄此稿，不胜欣慨，抄诵一过，恍惚如见吾友声音颜色。予昔日亦尝偶尔写诗，乃多得之吾友鼓励，静寂中时有共赏之趣。今别后又已五易寒暑，想吾友好修精勤，当由艺术的而更进于道，予唯凭此忧患之身，多所想像，将于何处为世人唱哀歌耶。

一九四二年元日沈启无记于北京西城半壁书屋

## 新诗应该是自由诗[1]

现在我想从《尝试集》里挑出一两首诗来,这种诗都是作者自己认为"白话新诗"的,然而我觉得这种新诗的诗的内容不够,从反面来说明我所认定的诗的内容要紧。例如《一笑》这一首:

> 十几年前,
> 一个人对我笑了一笑。
> 我当时不懂得什么,
> 只觉得他笑的很好。

---

[1] 载北平《文学集刊》1943年9月第1辑。收入新民印书馆1944年11月初版《谈新诗》,列为第三章。

那个人后来不知怎样了，
只是他那一笑还在：
我不但忘不了他，
还觉得他越久越可爱。

我借他做了许多情诗，
我替他想出种种境地：
有的人读了伤心，
有的人读了欢喜。

欢喜也罢，伤心也罢，
其实只是那一笑。
我也许不会再见着那笑的人，
但我很感谢他笑的真好。

这首诗，我从前也曾喜欢过，后来有一回无意间翻阅到这一首诗，我觉得这种诗只是调子，即是可以不必写那么的四节十六行，作者将一点"烟士披里纯"敷衍成许多行的文字而已。我说"敷衍"，一点没有含不好的意思，我只是说这首诗乃作者铺张成篇而已。第一节里的四行还没有什么，到了第二节三四两句，"我不但忘不了他，还觉得他越久越可爱"，我以为是凑句子叶韵。第三节也不切实，到了"欢喜也罢，伤心也罢，其实只是那一笑",简直是做题目,虽然作者未必是成心做这一个题目。总之这个诗的内容不够,因之这首白话新诗失败了。又如《"应该"》这一首:

> 他也许爱我,——也许还爱我,——
> 但他总劝我莫再爱他。
> 他常常怪我;
> 这一天,他眼泪汪汪的望着我,
> 说道:"你如何还想着我?
> 想着我,你又如何能对他?
> 你要是当真爱我,
> 你应当把爱我的心爱他,
> 你应该把待我的情待他。"
>
> 他的话句句都不错:——
> 上帝帮我!
> 我"应该"这样做!

作者自己在《谈新诗》一文里引了这首诗,他说:"这首诗的意思神情都是旧体诗所达不出的。别的不消说,单说'他也许爱我,——也许还爱我'这十个字的几层意思,可是旧体诗能表得出的吗?"这十个字的几层意思旧体诗大约表达不出,可是这十个字的几层意思新剧里确最容易表达得出，若以之作新诗，结果只有几层意思，似乎没有什么诗的情绪了。中国的旧诗似乎根本上就不表现"他也许爱我，——也许还爱我"这些意思，若其所能表现的东西确乎比《"应该"》更成其为诗。唐诗人张籍有一首诗，胡适之先生曾用白话翻译过，原作末二句，"还君明珠双泪垂，恨不相逢未嫁时"虽然不像白话诗《"应该"》那样表达许多意思，却是很能表情的了。《尝试集》里有一首《小诗》，"也想不相思，可免相思苦。几次细思量，情愿相思苦！"又如"岂不爱自由，此意无人晓：情愿不自由，也是自由了。"我读之都能感着真实。若《"应该"》这一首，虽然诗体是解放了，但这个解放的诗体最不容易羼假，一定要诗的内容充实。如果逢场作戏，随便写点玩玩，（但不能随便说旧体诗）当然也没有什么，如《尝试集》里《梦与诗》这一首：

> 都是平常经验，
> 都是平常影象，
> 偶然涌到梦中来，
> 变幻出多少新奇花样！
>
> 都是平常情感，
> 都是平常言语，

偶然碰着个诗人，

　　变幻出多少新奇诗句！


　　醉过才知酒浓，

　　爱过才知情重；

　　你不能做我的诗，

　　正如我不能做你的梦。


　　这只可谓之在诗国里过屠门而大嚼了。因了这个《梦与诗》，还有一首《醉与爱》，我现在也不抄引，免得多占篇幅，我只是想告诉大家，我们的新诗一定要表现着一个诗的内容，有了这个诗的内容，然后"有什么题目，作什么诗；诗该怎样作，就怎样作。"要注意的这里乃是一个"诗"字，"诗"该怎样作就怎样作，其实在古人也是"有什么题目，作什么诗；诗该怎样作，就怎样作。"他们的诗发展了中国文字之长，中国文字也适合于他们诗的发展，——这自然不能把后来的模仿诗家包括在一起说。然而，这些模仿诗家也有讨便宜的地方，在旧诗这一方面，无论是作诗的，填词的，他们都有一个诗的格式，一般模仿诗家，都可以按谱行事，旁人或者指点他的诗作得不行，但总不能说他不是诗，因为他本来是作一首诗或者填一首词。新诗则不然。新诗没有什么诗的格式，真是应该怎样作就怎样作了，然而作出来你说我不是诗呢?这里确是有一点无可奈何。有些初期作白话诗的人,后来索性回头作旧诗去了。就是白话诗的元勋胡适之先生,他还是对于作旧诗填词有兴趣的,我想他还是喜欢那个。这些初期白话诗家,都是会做文章的人,他们善于运用文字,所以他们的白话新诗,有时并无啥意思,他们却会把句子写得好,如《醉与爱》里头的句子:

> 爱里也只是爱,——
> 和酒醉很相像的。
> 直到你后来追想,
> "哦!爱情原来是这么样的!"

我们初读之不觉得这里是凑句子叶韵,便因为"爱里也只是爱,——和酒醉很相像的"这种句子写得很自然。实在新诗这样写下去已经渐渐走到死胡同里去。后来有些新诗,我们读着觉得非常之刺眼,这些作新诗的人,与旧诗的因缘少了,他们写出来的东西虽也不会是"词余",也不会是新诗的古乐府,他们不是如胡适之先生所说缠过脚再来放脚的妇人,然而他们运用文字的工夫又不及那些老手,结果他们作出来的白话新诗,有点像"高跷"下地,看的人颇难以为情。我且从《中国新文学大系·诗集》里举出这种高跷式的新诗模样来,如刘梦苇《万牲园的春》首四行：

> 碧绿的秋水如青蛇条条，
> 蜿蜒地溜过了大桥小桥；
> 被多情的春风狂吻之后，
> 微波有如美女们底娇笑。

刘君是已故诗人，大约我说错了也无从对证罢，然而我总觉得"青蛇条条"与"大桥小桥"的句法很可笑。其实像这样的句子在当时还不算十分难看的，这种诗到底还是经过选家选择来的诗。我再向我的朋友程鹤西"射他耳"一下，《新文学大系·诗集》里也有他的一首诗，题作《城上》，首两节八行为：

> 天半铺着几片薄云，
> 微风涟漪似的荡漾。
> 傍过垒垒枯寂的荒坟，
> 我们登到永定门西的城上。
>
> 城内深没人的芦荻
> 浩浩，潇潇；
> 遥想故乡此日，
> 正连阡毂绿迢迢。

新诗如果这样造句子，这样的新诗可以不作。鹤西后来果然不写这样句子的新诗了，在别方面耕种了他自己的园地。这种现象，大约是《尝试集》以后必然的现象，大家确乎是诚心在那里"尝试"。不过老牌的《尝试集》表面上是有意作白话新诗而骨子里同旧诗的一派结了不解之缘，后起的新诗作家乃是有心作"诗"了，他们根本上就没有理会旧诗，他们只是自己要作自己的诗，然而既然叫做"作诗"总一定不是写散文，于是他们不知不觉的同旧诗有一个诗的雷同，仿佛新诗自然要有一个新诗的格式。而新诗又实在没有什么公共的，一定的格式，像旧诗的五言七言近体古体或词的什么调什么调。新诗作家乃各奔前程，各人在家里闭门造车。实在大家都是摸索，都在那里纳闷。与西洋文学稍为接近一点的人又摸索到西洋诗里头去了，结果在中国新诗坛上又有了一种"高跟鞋"。我记得闻一多在他的一首诗里将"悲哀"二字颠倒过来用，作为"哀悲"，大约是为了叶韵的原故，我当时曾同了另一位诗人笑，这件事真可以"哀悲"。我那时对于新诗很有兴趣，我总朦胧的感觉着新诗前面的光明，然而朝着诗坛一望，左顾不是，右顾也不是，这个时候，我大约对于新诗以前的中国诗文学很有所懂得了，有一天我又偶然写得一首新诗，我乃大有所触发，我发见了一个界线，如果要作新诗，一定要这个诗是诗的内容，而写这个诗的文字要用散文的文字。

已往的诗文学，无论旧诗也好，词也好，乃是散文的内容，而其所用的文字是诗的文字，我们只要有了这个诗的内容，我们就可以大胆的写我们的新诗，不受一切的束缚，"不拘格律，不拘平仄，不拘长短；有什么题目，作什么诗；诗该怎样作，就怎样作。"我们写的是诗，我们用的文字是散文的文字，就是所谓自由诗。这与西洋的"散文诗"不可相提并论。中国的新诗，即是说用散文的文字写诗，乃是从中国已往的诗文学观察出来的。胡适之先生所谓"第四次的诗体大解放"，不拘格律，不拘平仄，不拘长短，有什么题目作什么诗，诗该怎样作就怎样作，——这个论断应该是很对的了，然而他的前提夹杂不清，他对于已往的诗文学认识得不够。他仿佛"白话诗"是天生成这么个东西的，已往的诗文学就有许多白话诗，不过随时有反动派在那里做障碍，到得现在我们才自觉了，才有意的来这么一个白话诗的大运动。援引已往的诗文学里的"白话诗"做我们的新诗的前例，便是对于已往的诗文学认识不够，我们的新诗运动直可谓之无意识的运动。旧诗词里的"白话诗"，不过指其诗或词里有白话句子而已，实在这些诗词里的白话句子还是"诗的文字"。换句话说，旧诗词里的白话诗与不白话诗，不但填的是同一谱子，而且用的是同一文法。"姑苏城外寒山寺，夜半钟声到客船"，"细雨梦回鸡塞远"，"帘卷西风，人比黄花瘦"，"平冈细草鸣黄犊，斜日寒林点暮鸦"，都是诗词里特别见长的，这些句子里头都没有典故，没有僻字，没有代字，我们怎么能说它不是白话，只是它的文法同散文不一样而已。我们要描写半夜里钟声之下客船到岸这一件事情，用散文写另是一样写法，若写着"夜半钟声到客船"，便是诗了，我们一念起来，就觉得这件事情同我们隔得很远，把我们带到旧诗境界去了。中国诗里简直不用主词，然而我们读起来并不碍事，在西洋诗里便没有这种情形，西洋诗里的文字同散文里的文字是一个文法。故我说中国旧诗里的文字是诗的文字（还有一个情形可以令我们注意，三百篇同我们现在的歌谣却是散文的文法）。旧诗向来有两个趋势，就是"元白"易懂的一派同"温李"难懂的一派，然而无论那一派，都是在诗的文字之下变戏法。他们的不同大约是他们的辞汇，总决不是他们的文法。而他们的文法又决不是我们白话文学的文法。至于他们两派的诗都是同一的音乐，更是不待说的了。胡适之先生没有看清楚这根本的一点，只是从两派之中取了自己所接近的一派，而说这一派是诗的正路，从古以来就做了我们今日白话新诗的同志，其结果我们今日的白话新诗反而无立足点，元白一派的旧诗也失其存在的意义了。我前说，旧诗的内容是散文的，而其文字则是诗的文字，旧诗之诗的价值便在这两层关系。由词而变到曲，这个关系显明的替我们分解出来了，元曲的内容岂不是叙事描写（散文的）而其文章是韵文（诗的）吗？于是旧诗露出了马脚，索性走到散文路上去好了。其实这个线索在胡适之先生所推崇的白话诗家苏辛诸人手下已经可以看得出来，如苏轼的《哨遍》引用陶渊明文章里的句子填词，辛弃疾的词乱用古书成语的地方更多，刘克庄词"使李将军遇高皇帝万户侯何足道哉"的句子，都是痛快的写起散文来了。这里确是很有趣，胡适之先生所推崇的白话诗，倒或者与我们今日新散文的一派有一点儿关系。反之，胡适之先生所认为反动派"温李"的词，倒似乎有我们今日新诗的趋势。李商隐的诗应是"曲子缚不住者"，因为他真有诗的内容。温庭筠的词简直走到自由路上去了，在那些诗里所表现的东西，确乎是以前的诗所装不下的。这些事情仔细研究起来都很有意义，今天我只是随兴说到了罢了，而且说得多么粗糙。我的本意，是想告诉大家，我们的新诗应该就是自由诗，只要有诗的内容，然后诗该怎样作就怎样作，不怕旁人说我们不是诗了。

# 已往的诗文学与新诗[1]

上回我说中国已往的诗文学向来有两个趋势，就是元白易懂的一派同温李难懂的一派，无论那一派都是在诗的文字之下变戏法，总而言之都是旧诗，胡适之先生于旧诗中取元白一派作为我们白话新诗的前例，乃是自家接近元白一派旧诗的原故，结果使得白话新诗失了根据。我又说,胡适之先生所认为反动派温李的诗,倒有我们今日新诗的趋势，我的意思不是把李商隐的诗同温庭筠的词算作新诗的前例，我只是推想这一派的诗词存在的根据或者正有我们今日白话新诗发展的根据了。这个道理本不稀奇，只是中国弄新文学的人

---

[1] 载北平《文学集刊》1944年4月10日第2辑。收入新民印书馆1944年11月初版《谈新诗》，列为第四章。

同以前弄旧文学的人都是一副头脑，见骆驼说是马肿背，诸事反而得不着真面目。我今天把胡适之先生谈新诗的文章，同他的《国语文学史》里讲诗词的部分，都再看了一遍，觉得此事还应该重新商量，我想把我自己平日所想到的说出来引起大家去留心。《谈新诗》一文里，作者最后谈到"新诗的方法"，他说"作新诗的方法根本上就是作一切诗的方法"，这话不能算错。我常同学生们说，我们首先要练习运用文字，新诗并不就不讲究做文章，现在作新诗的人每每缺乏运用文字的工夫，旧诗人把句子写得好，我们也要把句子写得好。但这一番平常而切实的话，是要在辨明新诗与旧诗的性质以后再来说的，胡适之先生则实在是说不出所以然来，从他所举的例子看来，他还是喜欢旧诗而已。他所举的例子之中，有"绿垂风折笋，红绽雨肥梅"，"芹泥垂燕嘴，蕊粉上蜂须"，"四更山吐月，残夜水明楼"，这些都是我上回所说的旧诗在诗的文字之下变戏法。他又举了"鸡声茅店月，人迹板桥霜"，说"是何等具体的写法！"。这两句是温庭筠的诗，其实温庭筠的词比这两句更是具体的写法，只是懂得鸡声茅店月便说鸡声茅店月好，而那些词反而是"诗玩意儿"。据我看，"鸡声茅店月，人迹板桥霜"，或者倒是诗玩意儿，同"枯藤老树昏鸦，小桥流水人家"一样是旧诗耍惯了[1]的把

---

[1] "耍惯了"，原刊为"耍了惯"。

戏。在这些例子之前，同一篇文章里，胡先生举了辛弃疾的词几句，"落日楼头，断鸿声里，江南游子，把吴钩看了，阑干拍遍，无人会，登临意"，说这种语气决不是五七言的诗能作得出的。不知怎的我很不喜欢这个例子，更不喜欢举了这个例子再加以主观的判断证明诗体的解放。我觉得辛词这些句子只是调子，毫不足取，用北京话说就是"贫"得很，如此的解放的诗，诗体即不解放我以为并没有什么损失。我们且来观察温庭筠的词怎样现得一种诗体的解放罢。胡适之先生在《国语文学史》里说温庭筠的词"却有一些可取的"，他以为可取的，却正不是温词的长处，他所取的是"梳洗罢，独倚望江楼，过尽千帆皆不是，斜晖脉脉水悠悠，肠断白蘋洲"两三首近乎"元白"的诗玩意儿。我并不是说这些不可取，在温庭筠的词里总不致于这些是可取的。如果这个问题与我们今日的新诗风马牛不相及，我们也就可以不谈，据我看这个问题又很关乎新诗的前程。我前说，温庭筠的词简直走到自由路上去了，在那些词里所表现的东西确乎是以前的诗所装不下的，问题便在这里。我们应不惜多费点时间来考察这件事情。温词为向来的人所不能理解，谁知这不被理解的原因，正是他的艺术超乎一般旧诗的表现，即是自由表现，而这自由表现又最遵守了他们一般诗的规矩，温词在这个意义上真令我佩服。温庭筠的词不能说是情生文文生情的，他是[1]整个的想像，大凡自由的表现，正是表现着一个完全的东西。好比一座雕刻，在雕刻家没有下手的时候，这个艺术的生命便已完全了，这个生命的制造却又是一个神秘的开始，即所谓自由。这里不是一个酝酿，这里乃是一个开始，一开始便已是必然了，于是在我们鉴赏这一件艺术品的时候我们只有点头，仿佛这件艺术品是生成如此的。这同行云流水不一样，行云流水乃是随处纠葛，他是不自由，他的不自由乃是生长，乃是自由。我的话恐怕有点荒唐，其实未必荒唐，我们且来讲温庭筠的词，不过在谈温词的时候，这一点总要请大家注意，即是作者是幻想，他是画他的幻想，并不是抒情，世上没有那么的美人，他也不是描写他理想中的美人，只好比是一座雕刻的生命罢了。英国一位批评家说法国自然主义的小说家是"视觉的盛宴"，视觉的盛宴这一个评语，我倒想借来说温庭筠的词，因为他的美人芳草都是他自己的幻觉，因为这里是幻觉，这里乃有一点为中国文人万不能及的地方，我的意思说出来可以用"贞操"二字。中国文人总是"多情"，于是白发红颜都来入诗，什么"好酒能消光景，春风不染髭须，为公一醉花前倒，红袖莫来扶"，什么"此度见花枝，白头誓不归"，这些

---

[1] "是"，原刊为"的"。

都是中国文人久而不闻其臭。像日本诗人芭蕉俳句，"朝阳花呵，白昼还是下锁的门的围墙。"本是东洋人可有的诗思，何以中国文人偏不行。温庭筠的词都是写美人，却没有那些讨人厌的字句，够得上一个"美"字，原因便因为他是幻觉，不是作者抒情。我们再来讲词，先讲《花间集》第一首：

> 小山重叠金明灭，鬓云欲度香腮雪。懒起画蛾眉，弄妆梳洗迟。　照花前后镜，花面交相映。新贴绣罗襦，双双金鹧鸪。

此词我以为是写妆成之后，系倒装法，首二句乃写新妆，然后乃说今天起来得晚一点，"懒起画蛾眉，弄妆梳洗迟"，其实这时眉毛已经画好了。下半又写对了镜子照了又照，总是一切已打扮停当了。"小山重叠金明灭，鬓云欲度香腮雪"，上句是说头，温词另有"蕊黄无限当山额"句，也是把山来说额黄以上。头上戴了钗头之类，所谓"翠钗金作股"者是，所以看起来"小山重叠金明灭"了。这一句之佳要待"鬓云欲度香腮雪"而完成，鬓云固然是诗里用惯了的字眼，在温词里则是想像，于发曰云，于颊上粉白则曰雪，而又于第一句"小山"之山引动来的，在诗人的想像里仿佛那儿的鬓云也将有动状，真是在那里描风捕影，于是"鬓云欲度香腮雪"矣。这是极力写一个新妆的脸,粉白黛绿,金钗明灭。然而我们要替他解说那"鬓"的状态,大约无能为力为用温庭筠自己的句子或者可以用"楚山如画烟开"这一句罢,因为这里要极力形容一个明朗的光景,如眉毛之于眼睛,要分得开开的,于是才现得粉颊儿是粉颊儿,鬓云是鬓云,于是"鬓云欲度香腮雪"矣。这正是描画发云与粉雪的界线,正是描画一个明净,而"欲度"二字正是想像里的呼吸,写出来的东西乃有生命了。温词《更漏子》"花外漏声迢递,惊塞雁,起城乌,画屏金鹧鸪,"也是写静而从动势写。眼前本是"画屏金鹧鸪",而"花外漏声迢递",这个音声大概可以惊塞外之雁,起城上之乌,于是我们觉得画屏金鹧鸪仿佛也要飞了。到了《南歌子》"手里金鹦鹉,胸前绣凤凰,偷眼暗形相,——不如从嫁与!作鸳鸯!"话更说得明白一点,把金鹦鹉与绣凤凰尽看尽看,于是欲静物而活了。不过把金鹦鹉与绣凤凰尽看尽看,还可以说是善于状女子心理,若"鬓云欲度香腮雪"决与梳洗的人个性无关,亦不是作者抒情,是作者幻想。他一面想着金钗明灭,华丽不过的事情,一面却又拉来雪与云作比兴,"鬓云"因为用乱惯了自然人人可以用,若与雪度相关,便不是偶然写来的。温词另有"小娘红粉对寒浪"之句都足以见其想像,他写美人简直写风景,写风景又都是写美人了。

这还是就一句一字举例。我们再讲一首《菩萨蛮》,《花间集》第二首:

> 水精帘里颇黎枕,暖香惹梦鸳鸯锦。江上柳如烟,雁飞残月天。　藕丝秋色浅,人胜参差剪。双鬓隔香红,玉钗头上风。

此词开始写得像个水帘洞似的,然而"水精帘里颇黎枕"还要待"暖香惹梦鸳鸯锦"这一句乃好。于是暖香惹梦鸳鸯锦这一句乃真好。这一句是说美人睡。"暖香惹梦"完全是作诗人的幻想,人家要做梦人家自己不知道,除非做了一个什么梦醒来自己才知道,而且女人自家或者贪暖睡,至于暖香总一定已经鼾呼呼的,暖香或者容易惹梦,惹了梦,暖香二字却一定早已不在题目范围之内,总之这都是作诗人的幻想暖香惹梦罢了。梦见什么他偏不说,这个不是梦中人当然不能知道,然而"暖香惹梦鸳鸯锦",于是暖香惹梦鸳鸯锦比美人之梦还要是梦了。世上难裁这么美的鸳鸯锦。所以我说温庭筠的词都是一个人的幻想。试看《花间集》别人写梦的,都是戏台里人自家喝采,无论是正面的写男脚色做梦,如"昨夜夜半,枕上分明梦见,语多时,依旧桃花面,频低柳叶眉",我们读者一看就知道这不是做梦,是做文章,或者反面的写女梦,"子规啼破相思梦",也不是做梦是做文章。只有一个人写一点女梦,也不十分说明白梦见什么,只说着"倚着云屏新睡觉,思梦笑",这个思梦笑的笑字与温词鸳鸯锦三字略相当,然而这还是局中人亲眼看见,温庭筠的词则都是诗人之梦,因此都是身外之物了。我们还是来讲"暖香惹梦鸳鸯锦"。写着暖香惹梦鸳鸯锦,该是如何的在闺中,却又想到"江上柳如烟,雁飞残月天",这真是令人佩服,仿佛风景也就在闺中,而闺中也不外乎诗人的风景矣。这样落笔,温词处处如此,上面说过的"惊塞雁,起城乌,画屏金鹧鸪"是,《菩萨蛮》十余首也多半是。像这样四句,"翠翘金缕双䴔䴖,水纹细起春池碧,池上海棠梨,雨晴红满枝",首句是女子妆,下三句乃是池上,令我们读之而不觉。接着"绣衫遮笑靥,烟草粘飞蝶"两句,真是风景人物写一篇大块文章。其余如"杏花含露团香雪,绿杨陌上多离别,灯在月胧明,觉来闻晓莺",在这个灯在月明之外,莺声之前,杏花杨柳在古今路上矣。我由暖香惹梦鸳鸯锦说到绿杨陌上多离别,那首词却还没有讲完。其实那首词只剩下"玉钗头上风"一句还应该讲几句,这一句又只有一个"风"字要讲,不讲大家已可触类旁通,他把一个"风"字落到"玉钗头上"去,于是就玉钗头上风了。温词无论一句里的一个字,一篇里的一句两句,都不是上下文相生的,都是一个幻想,上天下地，东跳西跳，而他却写得文从字顺，最合绳墨不过，居花间之首，向来并不懂得他的人也说"温庭筠最高，其言深美闳约"了。我们所应该注意的是，温词所表现的内容，不是他以前的诗体里所装得下的，从我上面所举的例子，大家总可以看得出，像这样，长短句才真是诗体的解放，这个解放的诗体可以容纳得一个立体的内容，以前的诗体则是平面的。以前的诗是竖写的，温庭筠的词则是横写的。以前的诗是一个镜面，温庭筠的词则是玻璃缸的水——要养个金鱼儿或插点花儿这里都行，这里还可以把天上的云朵拉进来。因此我常想，在已往的诗文学里既然有这么一件事情，我们今日的白话新诗恐怕很有根据，在今日的白话新诗的稿纸上，将真是无有不可以写进来的东西了。有一件事实我要请大家注意，温庭筠的词并没有用典故，他只是辞句丽而密。此事很有趣味，在他的解放的诗体里用不着典故，他可以横竖乱写，可以驰骋想像，所想像的所写的都是实物。若诗则不然。律诗因为对句的关系还可以范围大一点，由甲可以对到乙，这却正是情生文文生情，所以我们读起来是一个平面的感觉。正因此，诗不能不用典故，真能自由用典故的人正是情生文文生情，因为是典故，明明是实物我们也还是纸上的感觉，所以是平面的。温庭筠的词则用不着用什么典故了。说到这里我们就要说到李商隐。要说李商隐的诗，我感着有点无从下手，这个人的诗，真是比什么人的诗还应该令我们爱惜，在中国文学史上只有庾信可以同他相提并论。然而要我说庾信，我觉得并不为难，庾信到底是六朝文章，六朝文章到底是古风，好比一株大树，我们只就他的春夏秋冬略略讲一点故事就好了，或者摘一片叶子下来给你们看，你们自己会向往于这一棵树，我也不怕有所遗漏，反正这个树上的叶子是多得很的，路上拾得一片落叶你也喜欢这棵树哩。李商隐的诗颇难处置，我想从沙子里淘出金子来给大家看罢，而这些沙子又都是金子。他有六朝的文采，正因为他有六朝文的性格，他的文采又深藏了中国诗人所缺乏的诗人的理想，这一点他也自己觉着。他的诗真是一盘散沙，粒粒沙子都是珠宝，他是那么的有生气，我们怎么会拿一根线可以穿得起来呢？在他当然都是从一个泉源里点滴出来的。现在有几位新诗人都喜欢李商隐的诗，真是不无原故哩。好在我今天讲到他是由用典故说来的。我们就从这一点下手。温庭筠的词，可以不用典故，驰骋作者的幻想。反之，李商隐的诗，都是藉典故驰骋他的幻想。因此，温词给我们一个立体的感觉，而李诗则是一个平面的。实在诗是"人间从到海，天上莫为河"，"星沉海底当窗见，雨过河源隔座看"，天上人间什么都想到了，他的眼光要比温庭筠高得多，然而因为诗体的不同，一则引我们到空间去，一则仿佛只在故纸堆中。这便是我所想请大家注意的。我们还是举例子，就说一千年来议论纷纷的《锦瑟》一首诗。胡适之先生说，"这首诗一千年来也不知经过多少人的猜想了，但是至今还没有人猜出他究竟说的是什么鬼话。"我且把这首诗抄引了来：

锦瑟无端五十弦，一弦一柱思华年。庄生晓梦迷蝴蝶，望帝春心托杜鹃。沧海月明珠有泪，蓝田日暖玉生烟。此情可待成追忆，只是当时已惘然。

这首诗大约总是情诗，然而我不想推求这首诗的意思，那是没有什么趣味的。我只是感觉得"沧海月明珠有泪，蓝田日暖玉生烟"这两句写得美，这两句我也只是取"沧海月明珠有泪"一句来讲。如果大家听了我的话对于这一句有点喜欢，那么蓝田日暖之句仿佛也可以了解。"沧海月明珠有泪"，作者大约从两个典故联想起来的，一个典故是月满则珠全，月亏则珠阙，这个珠指蚌蛤里的珠。还有一个典故是海底鲛人泣珠。李诗另有"昔去灵山非拂席，今来沧海欲求珠"之句，那却是送和尚的诗，与我们所要讲的这句诗没有关系，不过看注解家在"今来沧海欲求珠"句下引杜甫诗"僧宝人人沧海珠"，可见"沧海"与"珠"这两个名词已有前例，容易联串起来，于是李商隐在《锦瑟》一诗里得句曰"沧海月明珠有泪"了。经了他这一制造，于是我们仿佛真个沧海月明珠有泪似的，——这是我的一位老同学曾经向我说的话，他确曾经沧海回来。沧海月明珠有泪既然确实，于是蓝田日暖玉生烟亦为良辰美景无疑了，新诗人林庚有一回同我说，"沧海月明珠有泪，蓝天日暖玉生烟"，李商隐这两句诗真写得好。于是我也想大概是真写得好。但我尽管说好是不行的，我还可以说点理由出来。从上面列举的典故看来，"沧海月明珠有泪"这七个字是可以联在一起的，句子不算不通，但诗人得句是靠诗人的灵感，或者诗有本事，然后别人联不起来的字眼他得一佳句，于是典故与辞藻都有了生命，我们今日读之犹为之爱惜了。我便这样来强说理由。李商隐另外有两首绝句，一首题作《月》，诗是这样的，"过水穿楼触处明，藏人带树远含清[1]，初生欲缺虚惆怅，未必圆时即有情。"一首题作《城外》，诗是这样的，"露寒风定不无情，临水当山又隔城。未必明时胜蚌蛤，一生长共月亏盈。"这些诗作者似乎并无意要千百年后我辈读者懂得，但我们却仿佛懂得，其情思殊佳，感觉亦美，一面写其惆然之情，一面又看得出诗人的贞操似的。"未必明时胜蚌蛤，一生长共

---

[1] "清"，原刊为"情"。

月亏盈"，我觉得便足以做"沧海月明珠有泪"的注解。李诗有《题僧壁》一首，其末四句云，"蚌胎未满思新桂，琥珀初成忆旧松，若信贝多真实语，三生同听一楼钟。"蚌胎未满思新桂，即是用月与蚌蛤的典故，从这些地方我们都可以看出作者的幻想，总是他的感觉美。李商隐常喜以故事作诗，用这些故事作出来的诗，都足以见作者的个性与理想，在以前只有陶渊明将《山海经》故事作诗有此光辉，其余游仙一类的诗便无所谓，即屈原亦不见特色，下此更不足观了。像杜甫关于华山诗句，"西岳崚嶒竦处尊，诸峰罗立似儿孙。安得仙人九节杖，拄到玉女洗头盆。……"直是应景而已。李商隐关于王母，关于嫦娥，关于东方朔，关于麻姑，关于蛟人卖绡，或成一篇，或得一句，都令我们如闻其语如见其人，表现了作者。只看他的这两句话，在他的诗里算是极随便的两句诗，"闻道神仙有才子，赤箫吹罢好相携"，便见他的个性，他要说神仙也有才子，若他人说便说某人是谪仙了。我今天并不是专门解诗，我再举一首《过楚宫》七言绝句，"巫峡迢迢旧楚宫，至今云雨暗丹枫。微生尽恋人间乐，只有襄王忆梦中。"他用故事不同一般作诗的是滥调，他是说襄王同你们世人不一样，乃是幻想里过生活哩。我再举一首《板桥晓别》，看他的文采，"回望高城落晓河，长亭窗户压微波，水仙欲上鲤鱼去，一夜芙蓉红泪多。"这种句子真是写得美。因为他用的是典故，我们容易忽略他的幻想，只赏鉴他的文采，实在他的想像很不容易捉住，他倒好容易捉住了这个乘赤鲤来去水中的典故，我们却不容易哩。说到用典故，我还想补足一点意思，胡适之先生所谓白话诗家苏黄辛陆这一些真是用典故，他们的词里有时用当日的方言，有时用古书上的成语，实在用方言也好掉书袋也好，在他们是平等看待，他们写韵文同我们现在乱写散文是差不多的，成语到了口边就用成语，方言到了手下就用方言，他们缺少诗的感觉，而他们又习惯于一种写韵文的风气，结果写出来的韵文只用得着掉文与掉口语，并不是他们有温李的典故而不用，要说典故都应该归在典故的性质项下。他们缺少诗的感觉，他们有才气，所以他们的诗信笔直写，文从字顺，落到胡适之先生眼下乃认为同调，说他们作的是白话诗。真有诗的感觉如温李一派，温词并没有典故，李诗典故就是感觉的联串，他们都是自由表现其诗的感觉与理想，在六朝文章里已有这一派的根苗，这一派的根苗又将在白话新诗里自由生长，这件事情固然很有意义，却也是最平常不过的事，也正是"文艺复兴"，我们用不着大惊小怪了。我们在温庭筠的词里看着他表现一个立体的感觉，便可以注意诗体解放的关系，我们的白话新诗里头大约四度空间也可以装得下去，这便属于天下诗人的事情了。总之我以为重新考察中国已往的诗文学，是我们今日谈白话新诗最吃紧的步骤，我们因此可以有根据，因此我们也无须张皇，在新诗的途径上只管抓着韵律的问题不放手，我以为正是张皇心理的表现。我们只是一句话，白话新诗是用散文的文字自由写诗。所谓散文的文字，便是说新诗里的句子要是散文的句子。昨天有一位少年诗人拿了朱湘的一首四行诗给我看，他说他喜欢这首四行，我乃也仔细看了一遍，并且请他讲给我听，为什么他喜欢，我听了他的讲，觉得这四行的意境确是很好，只是要成功一个方块不缺一角的原故，有一句乃不是散文的句子。我把这首四行诗照原作标点引了来：

鱼肚白的暮睡在水洼里
在悠悠的草息中作着梦。
云是浅的树.是深的朦胧
远处有灯火了.红色的.稀。

这首四行的第四行不是中国散文的句法，而中国旧诗乃确乎有这样的姿态。"红色的"是形容灯火，"稀"也是形容红色的灯火,同林黛玉所称赞的"大漠孤烟直"的直字,"长河落日圆"的圆字,不是处于一样的地位吗？只不过这里多了"远处有灯火了"的有字做动词。这样的新诗的文字我以为比旧诗的文字还要是诗的。因此我更佩服古人会写文字,像温庭筠写这四句,"绣衫遮笑靥,烟草粘飞蝶。青琐对芳菲,玉关音信稀。"他描写了好几样的事情,读者读之而不觉。至于"惊塞雁,起城乌,画屏金鹧鸪"又是较容易看得出的藕断丝连的句子了。我们的白话新诗是要用我们自己的散文句子写。白话新诗不是图案要读者看的,是诗给读者读的。新诗能够使读者读之觉得好,然后普遍与个性二事俱全,才是白话新诗的成功。普遍与个性二事俱全,本来是一切文学的条件,白话新诗又何能独有优待条件。"散文的文字"这个范围其实很宽,(但不能扯到外国的范围里去,)三百篇也是散文的文字,北大《歌谣周刊》的歌谣也是散文的文字,甚至于六朝赋也是散文的文字,我们可以写一句"屋里衣香不如花",只是不能写"帘卷西风,人比黄花瘦"。文字这件事情,化腐臭为神奇,是在乎豪杰之士。五七言诗,与长短句词,则皆不是白话新诗的文字,他们一律是旧诗的文字。

## 新诗讲义
## ——关于我自己的一章[1]

我觉得我是能够天下为公的。在我最初编造讲义的时候,好像记得把我自己的诗也讲它一章的意思,那时要讲的人还多,自己觉得自己的诗也可以一讲了。但这回重写,确是没有讲自己的诗的意思,虽然三十五年初我回北大时应北大同学之约作了一回关于新诗的公开讲演,讲题是"谈我自己的新诗"。现在离那次讲演时又已是一年半了,我对于我自己的诗简直忘记了。因为讲卞之琳林庚冯至诸人的诗,把他们的诗仔细地读。等到把他们的诗都弄清楚了,乃忽然又记起自己的诗,我觉得我还是应该把它讲一讲。为什么呢?他们的诗都写

---

[1] 载《天津民国日报·文艺》1948年4月5日第120期。

得很好，我是万不能及的，但我的诗也有他们所不能及的地方，即我的诗是天然的，是偶然的，是整个的不是零星的，不写而还是诗的，他们则是诗人写诗，以诗为事业，正如我写小说。为得这个原故，我应该讲讲我自己的诗了。让我说一句公平话，而且替中国的新诗作一个总评判，像郭沫若的《夕暮》，是新诗的杰作，如果中国的新诗只准我选一首，我只好选它，因为它是天然的，是偶然的，是整个的不是零星的，比我的诗却又容易与人人接近，故我取它而不取我自己的诗。我的诗也因为是天然的，是偶然的，是整个的不是零星的，故又较卞之琳林庚冯至的任何诗为完全了。这是天下为公的话。不过我还是喜欢他们的诗。诗是应该诉之于感官的，我的诗太没有世间的色与香了，这是世人说它难懂之故。若就诗的完全性说，任何人的诗都不及它。

我选了七首，每首略加解释。

### 妆台

因为梦里梦见我是个镜子，
沉在海里他将也是个镜子，
一位女郎拾去，
她将放上她的妆台。
因为此地是妆台，
不可有悲哀。

这首诗，首先是林庚替我选的。那时是民国二十年，我忽然写了许多诗，送给朋友们看。有一天有一人提议，把大家的诗，一人选一首，拿来出一本集子，问我选那一首。我不能作答，我不能说那一首最好。换一句话说，最好的总不止一首，不能割爱了。林庚从旁说，他替我选了一首《妆台》。他的话大出乎我的意外，我心里认为我的最好的诗没有《妆台》。然而我连忙承认他的话。这首诗我写得非常之快，只有一二分钟便写好的。当时我忽然有一个感觉，我确实是一个镜子，而且不惜于投海，那么投了海镜子是不会淹死的，正好给一女郎拾去。往下便自然吟成了。两个"因为"，非常之不能做作，来得甚有势力。"因为此地是妆台，不可有悲哀"，本是我写《桥》时的哲学，女子是不可以哭的，哭便不好看，只有小孩子哭很有趣。所以本意在妆台上只注重在一个"美"字，林庚或未注意及此，他大约觉得这首诗很悲哀了。我自己如今读之，仿佛也只是感得"此地是妆台，不可有悲哀"之悲哀了。其所以悲哀之故，仿佛女郎不认得这镜子是谁似的。奇怪在作诗时只注意到照镜子时应该有一个"美"字。

**小园**

我靠我的小园一角栽了一株花，
花儿长得我心爱了。

我欣然有寄伊之情，

　　我哀于这不可寄。

　　我连我这花的名儿也不可说，——

　　难道是我的坟么？

　　这首诗只是写得好玩的，心想，年青的人想寄给爱人一件东西，想寄而不可寄才有趣。不可者，总是其中有委曲。然而就文章的表面说，什么东西不可寄呢？栽的一株花不可寄，不能打一个包裹由邮政局里寄去。再一想花也未尝是不可寄的，托人带去不行了吗？只有自己的坟是真不可寄，于是诗便那样写了。及今读之，这首诗同《妆台》一样，仿佛很有哀情似的。我当时写它，只觉得它写得很巧妙，《小园》这个题目也很有趣，这里面栽了有花，而花的名儿就是自己的坟，却是想寄出去，情人怎么忍看这株花呢，忠实的坟呢？那么我现在以一个批评家的眼光来分析，前一首《妆台》里面的镜子，与这一首《小园》里面的坟都是一个东西。这两首诗都是很有特别的情诗。不但就一首说是完全的，就两首说也是完全的。这就是说，我的诗是整个的。

### 海

　　我立在池岸，

　　望那一朵好花，

亭亭玉立

出水妙善，——

"我将永不爱海了。"

荷花微笑道：

"善男子，

花将长在你的海里。"

这首诗，来得非常之容易，而实在有深厚的力量引得它来，其力量可以说是雷声而渊默。我当时自己甚喜欢它。要我选举我自己的一首诗，如果林庚不替我选举《妆台》，我恐怕是选举这首《海》了。我喜欢它有担当的精神。我喜欢它超脱美丽。"我将永不爱海了。"望着眼前的花而说这一句话，不是真爱海者不会说的。不是真爱花者也不会说这话。谢灵运诗句"池塘生春草"幽美可爱，拙作恰是新诗的境界，海与花会联在一起，一个大海，一朵花，仿佛池塘生春草似的。

### 掐[1] 花

我学一个摘花高处赌身轻，

跑到桃花源岸攀手掐一瓣花儿，

于是我把他一口饮了。

---

1 "掐"，原刊为"搯"。下同。

> 我害怕我将是一个仙人,
> 大概就跳在水里淹死了。
> 明月出来吊我,
> 我欣喜我还是一个凡人
> 此水不现尸首,
> 一天好月照彻一溪哀意。

这首诗也是信口吟成的,吟成之后我知道成功它有许多下意识。小时候我常常喜欢站在河边玩,有时看着水急流,头晕了,坠到水里去了,心想,"糟糕,我这回淹死了!"结果只是咕噜咕噜饮了几口水,并没有淹死。所以淹在水里而没有淹死,在我是有着实在的经验。另外我有几次读书的经验,当然都是做大学生时的事,我喜欢吴梅村"摘花高处赌身轻"这句词,仿佛我也可以往上一跃;另外我读《维摩诘经》僧肇的注解,见其引鸠摩罗什的话,"海有五德,一澄净,不受死尸;……"我很喜欢这个不受死尸的境界,稍后读《大智度论》更有菩萨故意死在海里的故事。许地山有一篇《命命鸟》,写一对情人蹈水而死,两个人向水里走是很美丽,应是"凌波微步,罗袜生尘",第二天不识趣的水将尸体浮出,那便臃肿难看了,所以我当时读了很惆怅。在佛书上看见说海水里不留尸,真使我欢喜赞叹。这些都与我写《掐花》有关系,不过我写时毫不加思索,诗的动机是我忽然觉得我对于生活太认真了，为什么这样认真呢？大可不必，于是仿佛要做一个餐霞之客，饮露之士，心猿意马一跑[1]跑到桃花源去掐一朵花吃了。糟糕，这一来岂不成了仙人吗？我真有些害怕，因为我确是忠于人生的，这样大概就跳到水里淹死了，只是这个水不浮尸首，自己躲在那里很是美丽。最后一句"一天好月照彻一溪哀意"，只不过是描写，写这里有一个人死了而人不得而知之而已。这一个人或者也是情人，那么这一首《掐花》仍可作《妆台》作《小园》观之，很有趣。我喜欢海不受死尸的典故给我活用了，若没有这个典故，这诗便不能写了，然而我写时未曾加思索。"我欣喜我还是一个凡人此水不现尸首"，这是一句，分两行写，"我欣喜我还是一个凡人"下面不要加逗号，这样[2]分行是活的分行。我欣喜我还是一个凡人者，是死了而不现尸首之故也。此首或胜过《海》亦未可知。

上面四首诗都是民国二十年写的。下面三首大概写在二十四五年。

**理发店**

理发匠的胰子沫
同宇宙不相干，

---

[1] "一跑"，原刊为"一跑到"。
[2] "这样"，原刊为"样"。

又好似鱼相忘于江湖。
匠人手下的剃刀
想起人类的理解
划得许多痕迹。
墙上下等的无线电开了，
是灵魂之吐沫。

这首诗是在理发店里理发的时候吟成的。我还记得那是电灯之下，将要替我刮脸，把胰子沫涂抹我一脸，我忽然向着玻璃看见了，心想，"理发匠，你为什么把我涂抹得这个样子呢？我这个人就是代表真理的，你知道吗？"连忙自己觉得好笑，这同真理一点关系没有。就咱们两人说，理发匠与我，可谓鱼相忘于江湖。这时我真有一种伟大之[1]感，而再一看，一把剃刀已经把我脸上划得许多痕迹了。而理发店的收音机忽然开了，下等的音乐，干燥无味，我觉得这些人的精神是庄周说的涸鱼，相濡以沫而已。


### 街头

行到街头乃有汽车驰过，
乃有邮筒寂寞。

---

[1] "之"，原刊为"之之"。

邮筒 PO

乃记不起汽车的号码 X，

乃有阿拉伯数字寂寞，

汽车寂寞，

大街寂寞，

人类寂寞。

    这首诗我记得是在护国寺街上吟成的。一辆汽车来了声势浩大，令[1]我站住，但它连忙过去了，站在我的对面不动的是邮筒，我觉得它于我很是亲切了，它身上的 PO 两个大字母仿佛两只眼睛，在大街上望着我，令我很有一种寂寞，连忙我又觉得刚才在我面前驰过的汽车寂寞，因为我记不得它的号码了，以后我再遇见还是不认得它了。它到底是什么号码呢？于是我又替那几个阿拉伯数字寂寞。我记不得它是什么数了。白白地遇见我一遭了，是我，很是寂寞，乃吟成这首诗。

### 寄之琳

我说给江南诗人写一封信去，

乃窥见院子里一株树叶的疏影，

他们写了日午一封信。

---

1 "令"，原刊为"今"。

我想写一首诗，

　　犹如日，犹如月，

　　犹如午阴，

　　犹如无边落木萧萧下，——

　　我的诗情没有两个叶子。

　　这一首诗的诗情我很喜欢，最后一句"我的诗情没有两个叶子"，是因为我用了"无边落木萧萧下"这一句话怕人家说我的思想里有许多叶子的意思，其实天下事那里有数目可数呢？我们看着一株树叶的疏影，不会说一个叶子两个叶子也。即是不会数一个影子两个影子。

# 今日文学的方向
## ——"方向社"第一次座谈会记录[1]

时间：十一月七日晚八时

地点：北京大学蔡孑民先生纪念堂

出席者：朱光潜 沈从文 冯至 废名 钱学熙 陈占元
　　　　常风 沈自敏 汪曾祺 金隄 江泽垓 叶汝琏
　　　　马逢华 萧离 高庆琪 袁可嘉

**袁**：今晚我们举行座谈会，一方面在向文学界的前辈们介绍"方向社"这个文艺团体，一方面想就"今日文学的方向"这一问题作个集思广益的讨论，尤其希望在座的前辈们给我们启示和指导。这个论题牵涉甚广，

---

[1] 载天津《大公报·星期文艺》1948年11月14日第107期。

我们虽然没有拟定很细密的讨论的纲领，但我们希望能从三个方面来谈：（一）从社会学的观点来看，今日文学的方向何在？这是说从文学与社会的关系着眼。（二）从心理学的观点来看，又如何？这是说从文学与创作者个人的关系着眼。（三）从美学的观点来看，我们又将得到什么结论，这是说从文学是一种文字的艺术着眼。这儿三者的区分自然是完全为了讨论的方便，它们间的基本的关系是互相包含的，而非互相排斥的。我们特别愿意声明：这儿所谓"方向"不仅指应该不应该的取决，而且是指这样虽好而那样更好的选择。同时，我们提出这个问题的本意只在替我们自己找方向，决无意指导别人。现在就请诸位先生发表高见。

**钱：**一提到社会学与心理学的文学观，我们就想起马克思与弗洛德。最近 Slochower 在 *No Voice Is Wholly Lost* 一书中认为马克思与弗洛德的协调是今日文学的出路，也是今日人类的出路。我个人以为不然。马克思与弗洛德都是从研究病态出发的，原为医病，但逐渐他们把病态看作常态，以为每个社会，每个个人都有这种毛病，非吃这药不可。实际上我们知道一个健康的，正常的人并非时刻在性的激动之中。对于病人，他们这二帖药都极有用，但对于根本无病或病根不深的人与社会，是否也要他们吞服这样强烈的药？我觉得很可怀疑。

就生命的活动来说，我觉得只有二个大的方向：

一是向上，即所谓"要好"，一是向下，堕落放纵，或坐立不安。所谓"要好"就是想在自己所选定的范围里把前人不曾分得清的把它分清楚，前人不曾合得紧的把它合得更紧密，也就是分析与综合二种能力的培养。有人说，所谓"美"就是从不同中求得和谐（Unity in diversity），一个向上的人随时在更多的不同中求更大的和谐。生命既只是意识活动，这样的努力使意识增加，生命也就更丰富，也就是美的增加。当每个个人都做到这个理想，宇宙即有大和谐。《易经》上的许多道理很可以用来解释这些的。

**金**：弗洛德的目的在治病，似乎没有说每个人都是病态的。他的态度是否是对病人治病，对无病者防疫呢？

**钱**：他简直认为这防疫针非人人都注射不可。我认为健康的人是连防疫针也不必打的。

**冯**：他们（指马克思与弗洛德）是以为他们的路是正当的路呢，还是大家应该知道有这二种路子呢？如果指后者，知道一点自然是应该的。

**钱**：他们认为他们的是唯一的正当的道路。

**金**：实际上这就是文与载道的问题了（马弗都代表一种"道"）。我们把范围缩小一点，也许可以说得更确切一点：即文学是否必须载道呢？目前有人认为文学非载政治底"道"不可，不知诸位先生的意见如何？

**冯**：文学史上第一流的文章都是载道的文章，如韩退之的文章,杜甫的诗。作家对某一种"道"有信仰,即成为他自己的信仰。至于应否强迫别人同"道"是另一问题。

**废**:金隄所说的是指作家对社会的态度,不指作家自己的"道"。我以为文学家都是指导别人而不受别人指导的。他指导自己同时指导了人家。没有文学家会来这儿开会,因为他不会受别人指导的。我深感今日的文学家都不能指导社会,甚至不能指导自己。我已经不是文学家,所以我才来开会(全场大笑)。历史上那有一个文学家是别人告诉他要这样写、那样写的?我深知文学即宣传,但那只是宣传自己,而非替他人说话。文学家必有道,但未必为当时的社会承认。

一个大文学家必须具备三个条件:天才、豪杰、圣贤。无天才即不能表现,但有天才未必即是豪杰。有些人有天才而屈服于名利酒色,故非豪杰。如是圣贤,则必同时是天才,是豪杰。三者合一乃为超人,不与世人妥协。

**袁**:所谓"天才"是否即是从美学着眼,所谓"豪杰"是否从心理学着眼,所谓"圣贤"是否从社会学来看的?

**废**:可以那么说,但我不喜欢那么说。

**冯**:废名的话比较亲切些,可嘉的有点抽象。

**金**:二个文学家的方向可以不同,废名先生承认吗?

**废**：好的文学家都是反抗现实的，即不明白相抗，社会也不会欢迎他的，如莎士比亚。有那一个天才、豪杰、圣贤不是为社会所蔑视的？

**江**：文是否载道，完全看"道"的定义的宽狭如何。"道"如果是广义的，则文学家求不载道亦不可得的。

**沈**：驾车者须受警察指导，他能不顾红绿灯吗？

**冯**：红绿灯是好东西，不顾红绿灯是不对的。

**沈**：如有人操纵红绿灯，又如何？

**冯**：既要在这路上走，就得看红绿灯。

**沈**：也许有人以为不要红绿灯，走得更好呢？

**汪**：这个比喻是不恰当的。（因为承认他有操纵红绿灯的权利即是承认他是合法的，是对的，那自然得看着红绿灯走路了，但如果并不如此呢？）我希望诸位前辈能告诉我们自己的经验。

**沈**：文学自然受政治的限制，但是否能保留一点批评、修正的权利呢？

**废**：第一次大战以来，中外都无好作品。文学变了。欧战以前的文学家确能推动社会，如俄国的小说家们。现在不同了，看见红灯，不让你走，就不走了！

**沈**：我的意思是文学是否在接受政治的影响以外，还可以修正政治，是否只是单方面的守规矩而已？

**废**：这规矩不是那意思。你要把他钉上十字架，他无法反抗，但也无法使他真正服从。文学家只有心里有无光明的问题，别无其它。

**沈**：但如何使光明更光明呢？这即是问题。

**废**：自古以来，圣贤从来没有这个问题。

**沈**：圣贤到处跑，又是为什么呢？

**废**：文学与此不同。文学是天才的表现，只记录自己的痛苦，对社会无影响可言。

**钱**：沈先生所提的问题是个很实际的问题。我觉得关键在自己。如果自己觉得自己的方向很对，而与实际有冲突时，则有二条路可以选择：一是不顾一切，走向前去，走到被枪毙为止，另一是妥协的路，暂时停笔，将来再说。实际上妥协也等于枪毙自己。

**沈**：一方面有红绿灯的限制，一方面自己还想走路。

**钱**：刚才我们是假定冲突的情形。事实上是否冲突呢？自己的方向是不是一定对？如认为对的，那么要牺牲也只好牺牲。但方向是否正确，必须仔细考虑。

**冯**：这确是应该考虑的。日常生活中无不存在取决的问题。只有取舍的决定才能使人感到生命的意义。一个作家没有中心思想，是不能成功的。

**朱**：我把文学看得很简单，文学即是说话。一个人把所见到的说得恰到好处，即成为文学。每人所见的即是"道"。人人所见不同，有广狭，有深浅，文学因此也就有高下之别。文学反映人生，人生甚广，各阶层的人都可以有不同的看法，而且只有不同才能产生丰富。

大家凑合起来，人生乃更完整。现代文学的毛病是把一切看得太简单了，太公式化了。马克思与弗洛德皆如此。至于文学与政治的关系：文学反映人生，政治是人生活动的一部分，文学自然可以与政治有关系，但不能把一切硬塞在一个模型里。

**废**：朱先生的话很是。我总觉目前文学界空气沉腐。第一次欧战前的欧洲文学，特别是俄国的小说，真是起了很大的作用，我辈都受其影响，但并没有都走这条路。我告诉大家一件事实：中国文学史上确实有第一流的文学家是听命于政治的，如忠君的屈原、杜甫，但仍能在忠君之余发挥他们的才能。另外亦有文学家虽反抗社会而不成其为文学家的，如周秦诸子。大概而论，周秦以后的文学家听命的多，不过他们的天才大，情感重，所以不妨碍他们成为文豪。文学的界限甚宽，只要自己能写，别把这些看得太严重了。

**朱**：文学的发展往往是兴衰交替的。从某种文学的初期到它的正式成立，路子较宽，为多数人所了解，慢慢的人们讲求技巧，路子渐隘起来，而成为 Decadence。如中国早唐与晚唐的诗，南宋与北宋的词，它们的分别即在此。新文学在开始接受西方影响时，路子较宽，欧洲文学目前在 Decadence 之中，我们如只学隘的，似不合适。

**冯**：我的意思正如朱先生所说的。目前我们所接受象征派的影响恐怕是不很健康的。

**朱**：荷马的作品如今读来我仍感兴趣。现代诗人的晦涩虽好，但不太好。语言的功用应在使人了解。

**废**：二位先生所谈的怕是另一问题。我自己从经验了解晦涩问题的产生。这实在是时代的问题。从前的人写诗如走路，现代人写诗如坐飞机，叫一个只会走路的人突然坐飞机，自然觉得不惯了。

**朱**：现代文学家是用显微镜看人生，但普通人手上并无显微镜。

**冯**：将来也许大家都会有的。

**废**：我再举一事来解释。民国二十年以前，我写过一些小说。当时温源宁先生说我的小说很像当时英国的吴尔芙夫人的，又问我是否喜欢艾略特？我说他俩的作品我一点也没有读过。我当时只读俄国十九世纪的小说和莎翁的戏剧。后来读了点吴，艾的作品，确有相同之感，这实是时代使然。"普遍"一词实在难说，现代的作品不普遍，中国古代的作品又何尝普遍呢？象征派是向来有的。

**冯**：这怕是文学的开始与结束的分别。

**废**：这是天才的问题。

**沈**：这怕是性格不同的问题。

**冯**：但一个人的性格也会受时代的影响。

**沈**：虽是同一时代的人但性格还是有分别的。

冯：我虽喜欢现代一部分的东西，但总觉得有些问题。

袁：我想，时代二字很迷糊，不如改说是由于文化的关系。我们实际上不能说诗与文化（Poetry and Culture），而只能说文化中的诗（Poetry in Culture）。我以为现代诗的晦涩性可以从二方面来解释：一为现代文化的高度综合的特征：贯串现代各部门智识的是这样一个发现：一切都是过程，是活的有机体，与别的事物都密切相关。它不仅发生作用，接受反作用，而且有相互作用的情形。因此一切学问都变成研究某些因素或另外一些因素间关系的学问（Study of interrelationship）。唯心与唯物的人们实际上是同样违背现代思想底主流的，因为他们都把"心"与"物"看成死的东西，实际上所谓"心""物"都只是动的"能"（energy）而已。哲学上的连续哲学，物理学上的 field theory，心理学里的 Gestalt 派，社会学中的文化模式的理论都是这个表现，最具体的是目前一部分学者所从事的科学统一的工作（unitied science），即设法将各种科学（自然科学，社会科学）连系起来。在这种情形之下，一个现代人所要了解的东西确实太多了。现代文化既如此复杂，现代的诗如何能不复杂？我有一个感想，觉得多数人对文学的晦涩十分敏感，对于身边许多别的事物的晦涩似乎很肯宽容。譬如说，大家都使用电灯，但电的道理对于我以及许多像我的人,恐怕是相当晦涩的,可是我们一进门就捺亮电灯,有几个人问过自己呢?也从没有人去请教过电学家或电灯匠,为什么电灯会亮呢?这只是一个例子而已。其次,现代诗的晦涩可以从现代诗是对于十九世纪浪漫诗的反动上去了解的:浪漫诗是倾诉的,现代诗是间接的,迂回的,因此习惯于直线倾诉的人就不免觉得现代诗太晦涩难懂了。

就目前中国的文化现状说,我承认这类诗是并非必需的。但如果有一部分人比别的人们走在前面一步,而已深深感觉现代文化的压力,而开始有所表现,似乎也是不可厚非的。至于大家是否都该那么做,自然是另外一个问题。现代化的一个严重的弱点出在冒充现代的人的身上,但这是人的弱点,而非这一运动本身所必然包含的过失。我相信,中国的文化不向前走则已,如果还有发展的话,从简单到复杂怕是必然的途径。

**冯**:文化的发展也可能从复杂走向简单的。

**废**:袁说的话很对,但太抽象一点。诗人是小孩子,不必等到文化成熟再动手作诗的。

**钱**:真正的文学作品都是真实生命的真正表现。各个生命的流向不同,但如确是真正生命的表现,无论其为颓废的或向上的,也都是各载其道的。文学的兴衰,诚如朱先生所说,是历史上的事实。每一时代的先驱人物,顺其生命之流,不仅开创新的内容,并更开创新的形式。有人徒见形式而不见新形式所根据的新内容，只顾技巧，而造成 Decadence。艾略特说过"如无大的技巧，忠实不能存在"（Honesty Cannot exist without great technique），里维斯发挥它而说"技巧是忠实的工具"（Technique is a means of honesty）。至于现代诗的晦涩实在不能一概而论。艾略特的晦涩确实有他特殊的经验做背景的。有些不肖之徒只模仿他的形式，于是就坏了。

**废**：仅仅是形式的模仿确是不成的。诗之从简单到复杂倒是一种趋势，从前如此，新诗亦然。你们看胡适的诗多么容易懂，但到卞之琳以后就难懂起来了。另外还有一点：一般说来，文学有二种技巧：一是写实的，即是照相式的，要把当时的真实经验生动地表现出来，而每一个经验都是特殊的，具体的，因此比较难懂；另一种是回忆的，如冯至的《十四行集》，这类诗比较容易懂些。

**沈**：旧诗可不是这样分的。

**废**：旧诗也是如此。

**沈**：旧诗只分抒情的，言志的，与叙事的。

**袁**：沈先生所说的指主题的分类，而废名先生所说的则根据技巧的不同而分。我觉得废名先生的分类是可以成立的。如果我可以另外换二个名词，那么废名先生所谓写实的即是戏剧的，关键在表现上的逼真与生动；废名先生所谓回忆的即是沉思的，把经验或事物推到一定的距离（时间的，同时是空间的）之外，诗人绕着他们思索而成诗。冯至先生的《十四行集》显然属于沉思的一类，而非戏剧的。沉思的诗是静止的，戏剧的诗是动的。

**朱**："修辞立其诚"恐怕仍不失为写作的要义。

**废**：我还有一点感想：中国新文学很成功，新诗尤其成功，好诗的分量虽少而质实在很好。新诗中至少可以选五十首出来，足以与任何时代，任何国家的好诗相比。散文小说的方向很好，成就却不算优异。

**沈**：我看未必尽然。

—完—

（这篇座谈的记录因来不及请各位发言者校阅，文中有错误处由编者负责。）

## 编后记

2004年10月，台北洪叶文化事业有限公司及新视野图书出版有限公司企划主编郭淑玲女士听说我编了一册《废名诗集》，特别感兴趣，并来函称可交由她们公司出版。12月底，她把出版合约寄给了我。但直到2007年7月，这本诗集才正式印行。之所以拖了这么长的时间，主要是因为作为责编的淑玲女士想以最佳的形式把它推出来。她邀请美籍华裔画家久弥先生为诗集绘制插图，久弥先生创作了18幅精美的国画，可惜结果只选用了六七幅，封面画即为其中之一。诗集出版以后，在台湾引起了很大反响，这从淑玲女士所撰写的《〈废名诗集〉新书发表会、座谈会、艺文雅集暨"纪念废名书画展"活动报导》中可见一斑：

上周六（七月十四日）在"时空艺术会场"举办的《废名诗集》新书发表会、座谈会和艺文雅集，与会贵宾近百人，包括诗坛许多老前辈诗人，如张默、商禽、管管、辛郁、碧果等等，以及众多诗社社长、主编、诗人，尤其台湾两大老字号诗刊代表——《创世纪》诗刊丁文智社长和《笠》诗刊莫渝主编，以及较年轻的乾坤诗社紫鹃主编等都到场指导；同时，大学诗社也派代表与会，可谓老中青三代诗人齐聚一堂。

此次《废名诗集》艺文雅集同时也是专为废名诗作谱曲的音乐首演，所以吸引许多各大学中文系、外文系以及从事艺术教育的教授前来，大家对于重新恢复诗乐咏唱的传统抱持期待……

另外，"时空艺术会场"为纪念诗人废名逝世40周年，也同步举办"诗久弥新：现代诗与造形艺术——纪念废名"书画展，由台北大学中文系赖贤宗主任策展，邀集众多诗人和艺术创作者联合展出，如张默、管管、商禽、辛郁、白灵、紫鹃、赖贤宗、朱颜、郭淑玲、天岸马（陈福祺）、陶纲、连钦发等。展期至7月底,在"时空艺术会场"一楼展出，开放时间是每周三、六、日下午2—5点。

台湾的《创世纪》《笠》《文讯》《中国时报》等报刊对《废名诗集》的出版及其他相关活动，都作了专门报道。由于大陆不大容易见到这本诗集，故其影响力似乎远远不及台湾地区。

在大陆出版《废名诗集》简体本，一直是我的一个心愿。没想到10年后，这一心愿终于有机会可以了却了。

2016年11月，上海雅众文化出版公司编辑曹雪峰兄加我微信并留言，说他们有意出一本废名的诗集，不知我能否"拨冗相助"。我想都没想，当即回复"可以"。我提议不妨出两种诗集，一是诗集《镜》手稿影印本，一是《废名诗集》排印本。雪峰兄表示赞成。我手头上有《镜》稿复印件，效果欠佳，有半首还是张奂芳先生手抄的。要出影印本，得需十分清晰的手稿扫描件。11月下旬，我到山东大学讲学，见过定居济南的废名哲嗣冯思纯先生。思纯先生应允给周作人后人写信，但信寄出后，好久不见回音。2017年3月初，我按眉睫君所提供的电话号码，给周吉仲先生打了一个电话。吉仲先生爽快答应了我的请求，次日还特地发短信告诉我，他母亲逝世后，信箱一直未用，昨天打开，才见到思纯先生的来信。过了两三天，吉仲先生把《镜》稿扫描件发到了我的邮箱。手稿本底本问题经过一番曲折后，就这样毫不费工夫地解决了。

至于排印本，因有台湾繁体本做基础，故编起来并无什么障碍。不过，与繁体本相比，这本诗集在体例上有较大的变动,即不再采用编年体方式,而是以《镜》稿为主体,其他散篇合为"集外"。同时,如有诗作存在多种版本(文本),则对异文一一出校。因此,这本诗集实际上是个汇校本。书稿编讫并寄给雪峰兄以后,我查询台湾"中央研究院"的胡适档案检索系统,发现中国社会科学院近代史研究所胡适档案内藏有废名的两通函件及诗作17首。我把这一重要信息告诉了北京大学的王风先生,他动用关系获得了全部复制件并转发给了我。我的博士生沈闪君,也通过她的老师帮我从台湾"中央研究院"下载了函件及诗作的影像。两通函札未收入六卷本《废名集》(北京大学出版社2009年1月版),兹全文过录如下:

适之先生:——

先生不认识我是怎样一个小孩子,我可认识先生——认识先生的面貌同精神。并不是有谁指点我认识的,是我自己从黑暗中摸索来的。先摸索了先生的精神,再饥渴似的摸索了一张相片,直到一个月以前在三院试场上才根据那张相片在脑里所刻的印像肯定了那一位就是先生!

我是新考进北大预科的一个学生——预备以全副精力去从事文学的学生。当先生的《尝试集》出世之时,便是我暗地里跟着先生尝试之时。当先生的《努力》出世之时,恰巧便是我在故乡努力失败之时。——这失败便使我离开恶势力来北京竟平昔专门研究的志愿。

多时便想直接的同先生的精神相接触,又因为不忍以这种幼稚东西耽误了先生的时间,所以马上起了念头,马上也就打断了。到了前几天,在南池子那块看见先生坐在车上拿一本中国书籍翻来翻去,我的心好动呵!偏偏昨天又因为《努力》得了一首诗的材料!我再也忍不住了!大胆写几首诗寄上来了!请先生当作是我奉了"请大家都来尝试"的命令的报告看罢。

学生
冯文炳 九,十一,夜。

倘赐回信,请寄到北大第一寄宿舍天字十号。

适之先生:

我对于环境,向来不肯妥协;无意义的生活,决不肯过,要过先生所谓的"新生活"。从前在武昌住师范学校,以及后来在小学里捏粉条,都因此被人驱逐。此回冒种种困难,跑到北大,以为找着了有意义生活的机会了!谁知一腔热望,竟挝着满瓢冷水!每天从宿舍到三院,要费半点钟;讲堂上候教员,费十分二十分以至三十分不等;同样的材料,自己看只费五分钟,教员在黑板上一横一直的写，一字一句的讲，要整整花费一点：消耗光阴，增加苦恼：便是我这几个礼拜内所得的成绩。

我晓得这种种不满人意的情形，北大本身不能完全负咎。也晓得北大的指导者，不愿有这种种不满人意的情形。我只想在我最敬爱的创造"新生活"的先生之前叫喊几声，并且同怀疑一切束缚人们的礼教一样，为什么要用"点名政策"？答不出个什么来，我也只好不睬他。

学生

冯文炳。 十一月二日。


这两通信札均写于废名考入北京大学的1922年。第一通附《小雀》《小猫》《冬晚》《算命的瞎子》《小孩》《夏日下乡途中所见》《夏夜》《京寓杂感》《追记去年在县城经过牢狱所感》《小孩》《美丽的小姑娘》《风暴的晚上》《〈努力〉》13首诗，诗前有"诗 以做的先后为序"字样。其中，《冬晚》仅存题目，正文被撕去；第二首《小孩》前半截被撕去，后半截已发表；《美丽的小姑娘》已发表。第二通附"小诗四首"，其中有三首已发表。从信及诗来看，说胡适是青年废名的"精神导师"一点也不为过，废名能够在文坛崭露头角，与胡适的引领、提携是分不开的；废名早期的诗作明显带有胡适的影子，用他自己后来的话说，确系"《尝试集》派"。新发现的佚简佚诗，无疑是废名研究的重要收获，大大丰富了废名的研究史料，拓展了废名研究的学术空间，也为废名研究增添了有趣的话题。

"酒逢知己饮，诗与会人吟。"出版社编辑真是懂诗，他们为这本诗集加了一个很有意味的引题——"我认得人类的寂寞"。但愿这本诗集出版之后，一度"寂寞"的废名研究，也会热闹起来。

今年是废名逝世50周年，就把这本诗集当作一个纪念吧。

陈建军

2017 年 7 月

## 再版后记

上海雅众文化策划的《我认得人类的寂寞：废名诗集》于2018年1月由新星出版社印行以后，引起了学界和读者界的广泛关注。《博览群书》《中国出版传媒商报》《北京晨报》等不少媒体对这部诗集及时做了推介；当当网上，在售废名著作中，目前这部诗集的销量位居第一，好评率100%。

《我认得人类的寂寞：废名诗集》是大陆出版的第一部废名诗集，而且是汇校本，这大概是其引人注目、备受青睐的一大原因吧。

现在，这部诗集即将由北京联合出版公司再版，正好可以趁机修正初版中的几处错误，如"药炉老君炉前"（见《编者前言》）应为"药庐老君炉前"；"据中国社会科学院近代史研究所胡适档案所藏冯文炳手稿（简称'近代所藏稿'）"（见《小猫》题注）应在《小雀》题注里加以说明；"它忘记之笔"（见《画》）应为"那忘记之笔"；《镜铭》第二行、第三行末尾均应加逗号；附于废名致胡适信后的《无题》，原件藏胡适档案内，应作于 1932 年 6 月 15 日。同时，还可以顺便回答友人一个问题：为什么把沈启无编辑的《水边》和《招隐集》也作为汇校的依据？

1943 年 5 月，沈启无在上海《风雨谈》月刊第 2 期公开发表致柳雨生三封信，总题为"闲步庵书简"。其中，第三封谈到废名时，说了这么一段话：

> 从前他住在北河沿，我住在板厂胡同，南北相去甚近，只隔一道小河一条大路，他总是来访我谈天的时候多。有时飘然而至，兴会飙举，一定是抱着灵感心得来了，于是我的意外的收获就颇夥颇夥。有一次偶尔不小心，被他发现我能写诗，他乃大为惊诧欢喜，（因为他一向以为我是弄散文的与流行所谓什么小品文结缘的）随后一见面便催我写诗，他写诗也总是送给我看，现在还有许多诗稿留在我这里。事变前一年，他忽然要对北大同学讲"新诗"，于是和我讨论怎样写新

> 诗讲义,他非常慎重地而又是独到地和我谈中国已往的诗文学,以及现代的新诗的物质,他每写一章,必令我详细审阅,如有词义晦涩的地方,务期改到妥当为止,大约他连写带修改誊清,一星期只写得一章,他这等婆心苦口,非仅是学理的供献,乃是一种教育的意义和责任了。他一共写了十二章,原稿我全代他保存,这真是珍贵的材料啊,将来在"集刊"上预备陆续发表。

1936年下半年,废名在北京大学开设一门选修课"现代文艺",讲了两个学期,直到"七七事变"起而中断。废名讲"现代文艺",首先讲的就是自其产生以来便不断遭到质疑的新诗。在编写新诗讲义时,废名常和沈启无一起讨论。从某种意义上说,废名新诗理论得以成型,与沈启无的友情参与是分不开的。1937年底,废名避难湖北黄梅,沈启无代他保存了全部新诗讲义稿(共十二章)及部分诗稿、文稿。刊于上海《风雨谈》月刊1943年7月25日第4期上的《天马诗集》,分别发表在北京《文学集刊》1943年9月第1辑、1944年4月第2辑上的《新诗应该是自由诗》《已往的诗文学与新诗》,原载上海《诗领土》月刊1944年6月25日第3号(5、6月合刊)上的《偶成》,其底本应该都是沈启无提供的。

  1944年4月、1945年5月,《水边》《招隐集》先后由新民印书馆、大楚报社出版。这两本集子中所收废名诗作,此前均已发表。这十五六首诗歌是否是以原刊本为排印底本的,无从知晓,但并不排除其所依据的是沈启无所保留的手稿的可能,《水边》书首就有《飞尘》诗稿的照片。正是基于这种认识和判断,所以我把《水边》《招隐集》也作为对校本,将其异文(包括标点符号、排列形式等)在脚注中一一呈现出来。

  我与上海雅众文化算是第二度合作了,感谢方雨辰总经理和责编陈雅君女史以及北京联合出版公司的编辑。

  世间之事,似乎冥冥之中,总有些巧合。2017年,我着手整理、编订废名诗集,时值废名逝世50周年。2021年适逢废名诞辰120周年,这个再版本恰好可以用来作为一种纪念。

陈建军

2020年7月

图书在版编目（CIP）数据

我认得人类的寂寞：废名诗集 / 废名著；陈建军编. —北京：北京联合出版公司，2021.5
ISBN 978-7-5596-4705-4

Ⅰ.①我… Ⅱ.①废… ②陈… Ⅲ.①诗集—中国—当代 Ⅳ.① I227

中国版本图书馆CIP数据核字(2020)第 222683 号

**我认得人类的寂寞：废名诗集**

作　者：废　名
编　者：陈建军
出 品 人：赵红仕
责任编辑：徐　鹏
策 划 人：方雨辰
特约编辑：陈雅君
装帧设计：M<sup>oo</sup> Design

北京联合出版公司出版
（北京市西城区德外大街83号楼9层　100088）
北京联合天畅文化传播公司发行
山东临沂新华印刷物流集团有限责任公司印刷　新华书店经销
字数125千字　1092毫米×787毫米　1/32　7.25印张
2021年5月第1版　2021年5月第1次印刷
ISBN 978-7-5596-4705-4
定价：56.00元

**版权所有，侵权必究**
未经许可，不得以任何方式复制或抄袭本书部分或全部内容
本书若有质量问题，请与本公司图书销售中心联系调换。电话：64258472-800